Le Navi • 33

Via Isonzo, 25
00198 Roma
Tel. 06.8412007 - fax 06.85865742
www.castelvecchieditore.com
info@castelvecchieditore.com
Art Direction: Elisa Passacantilli
Editing e impaginazione: Alessandro Carusi
Immagine cover: © Tania
Cover: Chiara Arnone

*Finito di stampare nell'anno 2006
da Grafiche del Liri – Isola del Liri (Fr)
per conto di Alberto Castelvecchi Editore*

Pulsatilla

La Ballata delle Prugne Secche

Bio-novel

CASTELVECCHI

Questo libro è dedicato a Mamuski e Paper Familias, senza i quali non sarebbe mai stato partorito, e neanche la sua autrice.
Poi: a Davide Caviglia, Davide De Feudis e Antonio Vigilante.
E allo sconosciuto che, ubriaco, mi ha chiesto: «Mi dedichi il tuo primo libro?», a cui, ebbramente, ho risposto: «Come no».

La pargoletta prugna

Anno Zero

Mia madre era incinta. Era l'inizio degli anni Ottanta, l'ecografia una novità assoluta. Il medico le passò la macchinetta sul pancione imbrattato di gel e le mostrò, sul video, il mio pisellino: è un bel maschietto. Mio padre si precipitò alla cabina telefonica per informare la sua famiglia (era il minore di sei figli, tra cui tre maschi, e rappresentava l'ultima possibilità di perpetuare il cognome, perché il primo fratello era scapolo e il secondo fratello aveva avuto due femminucce). La notizia che ero un maschio riempì tutti di gioia. Mia madre fu festeggiata come una regina e sommersa di pigiamini azzurri.

Il giorno del parto venne fuori che il pene dell'ecografia altro non era che il cordone ombelicale: il nome Marco fu sostituito all'ultimo minuto con Valeria, una scelta improvvisata, istintiva, non consultata. Mio padre, ignaro della mia totale mancanza di pisello, fremeva su una panca in attesa di vedermi uscire. Dopo dieci ore di travaglio, l'infermiera finalmente apparve con il fagotto in mano: «È una femminuccia!». Mio padre scosse la testa, serenamente: «No, guardi, non è mia». «Certo che è sua». «No, le assicuro, io aspetto un maschietto». Ci fu una specie di tira-e-molla: l'infermiera insisteva per mettermi tra le sue braccia, lui mi restituiva caparbio. Alla fine mi prese per le ascelle, vagamente contraddetto, e ci scambiammo un'occhiata al fulmicotone: dopo soli tre minuti, questo tizio mi stava già sul cazzo. Ma Freud la sa lunga, e difatti pare che io abbia messo a frutto le mie armi edipiche di seduzione facendo spuntare i piedini da sotto il panno: papà rimase incantato alla vista di quei due pomelli rosei, minuti, perfetti, e li palpò delicatamente nella mano. La tregua tra noi durò un attimo, poi mi guardò sconsolato, e io mi sentii un pezzo fallato, un bug di sistema. Eruppi in lacrime disperate. Tornammo a casa, desolati tutti e tre. Nelle prime foto della mia vita ho una faccia rossa di furia e di pianto, strangolata nel collo azzurro dei pigiami.

La mia prima infanzia fu disastrosa. Piatti volanti, scene isteriche, sberle, mio padre diventava ogni giorno più aggressivo e paranoico. Con la mia nascita si era rotto qualcosa nel suo cervello, come se fosse partita via una molla. Mia madre era troppo impegnata a combattere l'inutile guerra contro di lui per occuparsi di me, quindi, figlia unica, presi questo strano vizio di parlare da sola e con le cose, e costruii una dimensione alternativa dove poter fare tana e salvarmi, mentre fuori imperversava il caos, la casa inghiottita dalle urla. Andò avanti così fino ai sette anni, dopodiché mia madre decise che saremmo andate a stare dai nonni: era il primo di aprile. All'inizio pensai che fosse un pesce, uno scherzo stagionale. Invece no, restammo dai nonni quasi un mese. Indubbiamente il mese più felice della mia vita, che coincise con l'avvento della primavera: fiori e maniche corte. Quando tornammo a casa nostra, mio padre non c'era più.

Crescere in una famiglia di sinistra significa avere genitori piuttosto giovanili, e avere genitori piuttosto giovanili, nel novanta per cento dei casi, significa avere a che fare con due incapaci. Se gli incapaci sono anche *divorziati*, la situazione si complica, perché mentre stai facendo la badante a uno, l'altro sta combinando guai dall'altra parte della città. Se poi uno dei due soffre di un disturbo bipolare maniaco-depressivo, e oggi pensa di essere san Francesco, e domani pensa di essere il Mago Zurlì, nel mentre che lo raggiungi in macchina lui avrà già mandato a carte quarantotto il reparto pescheria della Conad nel tentativo di moltiplicare le sogliole. Se poi, metti, l'altro genitore s'innamora di un musicista americano (aggiungendo un terzo – incapace – elemento divorziato alla lista, per di più non particolarmente sobrio), dandoti la fastidiosa impressione di essere imprigionata in un telefilm di Retequattro fascia pomeridiana, puoi ufficialmente – e a ragione – dire di essere un'adolescente con problemi.

Per tutta la vita, mia madre è stata una madre ansiosa. Diceva «è tardi» ancora prima di guardare l'orologio: per lei era tardi a prescindere, era un problema a monte. Divideva le sue giornate tra il lavoro e le pulizie di casa, che consistevano nel passare e ripassare con lo straccio mattonelle mai abbastanza splendenti, e sollevare e spolverare una pletora di inutili suppellettili, tra cui una squadra di cani di ceramica da duecento pezzi. La casa veniva tirata a lucido il martedì mattina: le mie amiche non potevano mai venire a giocare, dal martedì al giovedì perché la casa era pulita, dal venerdì al lunedì perché la casa era sporca. Non fa una piega.

Mio padre l'opposto. In casa sua il pavimento, oltre ad essere sporco, era schioppato: le mattonelle esplose, e incrostate di uno strato unto color seppia. La camera da letto era totalmente inagibile. Sedersi sul divano del salotto significava far alzare una nube tossica di polveri preistoriche. Il cesso era una colta citazione di *Trainspotting*. Sul lavello della cucina c'era tutto l'occorrente per lavarsi i denti, e il tavolo (basso, di plastica, superbo avanzo di qualche picnic degli anni Settanta) stratificava la storia di centinaia di scatole di fagioli. Il dettaglio straniante era la schiera di Gesucristi che campeggiavano sulle pareti, tra cui un Gesù assurdo che teneva in mano un cuore vero, che mi ricordava vagamente *Indiana Jones e il tempio maledetto*. Ma la cosa più bella era uno di quei gabbiotti di metallo che circondano i tappi dello spumante. Mio padre, con la perizia dei geni del bricolage, l'aveva attaccato con quattro chiodini accanto all'ingresso e lo utilizzava per agganciarci l'ombrello.

Il rapporto con mia madre, durante l'infanzia, fu catastrofico. Io ero il genere di bambina che non vuole fare i compiti, che mena calci e pugni, che dice parolacce, che salta giù dalla macchina in corsa o che si cala fuori dalla finestra. D'altra parte lei era una madre «che ti dà in testa» in senso letterale: a casa nostra sopravvive tutt'oggi una collezione di padelle deformate sul mio cranio, alla faccia mia e di tutta la sinistra. Anche sulle gambe mi picchiava: con cinghie, cucchiarole di legno per girare il sugo, battipanni. Dopo avermi spezzato diverse dozzine di battipanni di vimini sulle cosce, si equipaggiò di un battipanni di plastica che rimbalzava, facendo effetto scudiscio: fssh, fsssh. Ma la parte più divertente erano le corse intorno al tavolo dello studio, che duravano ore e prevedevano la presa e il lancio (e lo schivamento da parte mia) di ogni sorta d'oggetti. Siccome lei era un'insegnante di lettere, aveva un'ampia gamma di dizionari di latino, greco, italiano, sinonimi e contrari da lanciarmi appresso. Quando finiva l'artiglieria dei vocabolari si passava ai manuali di storia medievale, ai tomi di critica letteraria, alla *Gerusalemme Liberata*, all'*Orlando Furioso*, e infine, ai posacenere, ai fermacarte, ai porta bon-bon di cristallo.

Nel corso dell'adolescenza il nostro rapporto si ammorbidì, per scivolare dolcemente verso il *grotesque*. Lei si accorse di avere poco dialogo con me, e cercò di rimediare mettendosi maldestramente al passo coi tempi. Ricordo con orrore la volta in cui mi chiese se avevo del fumo. Rollammo una canna a tavola e ce la fumammo dopo cena, con lei che tossiva fino a diventare paonazza. Quando attaccai in camera il poster di Brad Pitt, esclamò: «È proprio fico!». La trucidai con la migliore delle mie occhiatacce. «Non si dice *fico*?», balbettò, «Com'è che si dice? Tosto? Ganzo? Giusto?». Tosto. Il suo problema era pensare che si dicesse *tosto*.

I miei genitori erano tutti protesi a darmi una formazione aperta, non discriminante, non sessuofoba. A proposito dello stare al passo coi tempi, papà un giorno se ne venne fresco fresco con un preservativo in mano. Avevo dodici anni. Amore, questo è un preservativo. Lo aprì con i denti, lo estrasse con fare disinvolto: «Vedi?», disse srotolandolo, «È come i palloncini che vendono alla villa comunale, però sgonfio. Si mette sul pipì», e fece il gesto di appoggiarlo ai pantaloni, senza, grazie a Dio, tirarsi fuori l'affare, «e si usa per i rapporti sessuali». Fu lui, ovviamente, a spiegarmi come si fanno i bambini (altro non-richiesto, avevo quattro anni, non mi ero ancora posta il problema della mia provenienza): stavo facendo colazione per fatti miei quando lui mi si sedette accanto e cominciò a mimare con tazza e cucchiaio la meccanica della penetrazione.

Anche mia madre ha sempre avuto una serie di fissazioni tipicamente di sinistra. Una era la colonia (ogni estate venivo spedita in qualche oscuro luogo di montagna a cantare delle canzoncine austro-ungariche), che col tempo degradò verso lo scoutismo, attività alla quale fui coatta per quattro interminabili anni (io sto ai boy-scout come Charles Manson sta al ballo delle debuttanti, più o meno). Un'altra fissa era il consumo critico: niente carne (poveri maialini), niente pesce (poveri pesciolini), niente mozzarella (poveri bufalotti), ecc. Quando pretendevo una fettina di carne, lei la sollevava dalla vaschetta con l'aria con cui si preleva una cacca dalla lettiera, la cucinava guardando dalla parte opposta e me la serviva sul piatto lavandosene la coscienza. Il consumo critico, col tempo, si trasformò in antiforzismo, poi in aperto girotondinaggio: da un certo punto in poi a casa nostra non si poteva guardare neanche la tivù, men che meno Mediaset. Tutti i ragazzi normali sapevano cosa fossero *Beautiful*, *Non è la Rai*, i *Simpson*, *Mai Dire Banzai* e tutti i programmi in auge. Io no, e così restavo fuori dai dibattiti. Quando andai a vivere da sola, a diciannove anni, la mia mancanza indotta di teledipendenza mi fece dimenticare di comprare un televisore. Il perdurare di questo stato alienante mi precipitò in una specie di pace sensoriale in cui non si ha il bisogno di confrontarsi col prossimo se non col Mahatma.

Ora sono una persona adulta e autonoma, ma nonostante questo ancora non posseggo un apparecchio televisivo, né una radio. Il giornale lo compro in media una volta ogni mese e mezzo. Il lettore dvd non l'ho mai avuto. Non ho mai scaricato un mp3 né tantomeno un dvx, che per inciso non so cosa sia. Mai vista una puntata del *Grande Fratello*. I miei coetanei parlano uno strano idioma bantu nutrito di tormentoni televisivi e iconografia mediatica, si corrucciano guardando le notizie, campano di battute rimasticate. La mia mente invece ignora bombe, crisi di governo e pinzillacchere di ogni tipo, e galoppa libera e felice. Comunque sono giunta alla conclusione che condurre una vita appagante senza sapere chi è Bombolo e ignorando le malefatte di Silvio è possibile. Però bisogna architettare tutta una serie di stratagemmi supplementari per non dare nell'occhio, altrimenti vieni estromesso dai salotti e trattato come un appestato.

Le regole sono queste: fingere di sapere chi è Briatore. Fare una faccia contrita quando si parla di Sofri, che sia Luca o Adriano (ma sono parenti?): il contrito, quando si parla di Sofri, ho scoperto che funziona sempre. Imparare a distinguere a orecchio il reality di cui si sta parlando: se saltano fuori nomi come Daniel, Dennis, Danila, è *Saranno Famosi*. Se vengono citati Seléne, Mariélle, Mago Milud, è *L'isola*. Se si tratta di Natascia, Mascia, Fedro, è il *Grande Fratello*. Tastarsi le tasche ogni tanto fingendo di aver lasciato l'iPod in macchina. Quando ti chiedono se hai visto il video di..., rispondi: «Ma certo!», con aria convinta, e poi scuoti la testa sussurrando: «Geniale». Le opinioni sui politici sono presto che fatte: tanto sono caricature alla figurine Panini, assolutamente prevedibili e bidimensionali, basta che hai i quattro sticker di base e poi li attacchi e li stacchi in ogni conversazione (Bertinotti fanatico, Rutelli leccaculo, Fini bravo peccato che sia di destra, ecc.). Al cinema, quando tutti cominciano a ridere per una pubblicità di cui conoscono a memoria il finale, devi scomporti leggermente sulla poltrona e borbottare sommessamente anche tu «ah ah ah», mostrando di sapere perfettamente dove sta andando a parare.

Cavarsela richiede grandi abilità adattive, ma si può fare. Se sei veramente bravo, puoi finire addirittura a lavorare in un'agenzia pubblicitaria senza destare il benché minimo sospetto, come me, e non farti licenziare per quasi un anno e mezzo di fila. Ne parleremo più avanti, restate sintonizzati.

Miss Make-Up

Ci sono due tipi di bambine, quelle che giocano a fare le mamme e quelle che giocano a fare le donne. Io appartenevo al secondo tipo.

Quando ero piccola, per qualche strano motivo, andavano di moda le bambole che espletavano le funzioni fisiologiche. C'era Sbrodolina, che sputava. C'era PappaSìPappaNo, che vomitava. C'era Lulù-qualcosa, che cacava e pisciava nel pannolino. Giuro. Cacava e pisciava. Gli anni Ottanta: tramontava l'era delle pupe di stoffa, cominciava l'era delle bambole che rompono i coglioni. Di lì a poco sarebbero arrivati i tamagotchi, a chiudere il cerchio. Poi ci sarebbero stati i reality show in televisione. Affondare le mani nella merda della gente. La passione per tutto ciò che è becero.

Ma non divaghiamo.

Uno dei miei hobby preferiti era mettere Baby Mia di faccia sul letto, e fondamentalmente lasciarla fottere in quella posizione. Baby Mia, quando veniva messa di faccia contro qualcosa, cominciava a dire: «Dài, girami!». I miei pomeriggi venivano perciò allietati dai «Dài, girami! Dài, girami! Dài, girami! Dài, girami!» di Baby Mia, con grande disappunto di mia madre, che mi rivolgeva gli sguardi severi che si riservano ai pedofili non conclamati.

Un'altra cosa che facevo spesso era picchiare Spumone. Mio Dio, com'era grassa quella bambola. Grassa e brutta. E aveva un faccione da schiaffi. Mi vengono i nervi solo a ripensarci. L'avevo ribattezzata Alice. E la prendevo a schiaffi. Alice? Sbaam! Alice? Sbaa-bàm! Poi la mettevo a centrocampo come un pallone e la riempivo di calci.

Assai di moda era Miss Make-Up, la bambola che truccavi come un troione da sbarco, e che poi (c'era scritto sulle istruzioni) potevi struccare. Nei fatti rimaneva truccata a vita come un troione, non la struccavi manco con il metanolo. Una pallida emulazione di Miss Make-Up fu tentata con Miss Dress-Up, che vestivi come una puttana e... beh, insomma, spogliavi come una puttana. Poi vi lamentate della mia generazione. Ma con quei giocattoli dovreste ringraziare il cielo che non sono finita a vendere le chiappe per strada.

Non sono mai stata una bambolofila. Quegli occhi umidicci e sballonzolanti, le bocche semiaperte, boh, mi sembrava di avere a che fare con una manica di ebeti. Eppure c'era gente che rimaneva soddisfatta nel vedere che Lulù Cacca e Pupù aveva riempito il pannolino di merda. Non so, forse non avevo un concetto di famiglia molto solido, ma fare la mammina massaia non mi procurava alcun godimento. Il primo giocattolo che abbia realmente stuzzicato i miei interessi fu Sognolo. Sognolo era un tenero e innocuo cagnolone di peluche, che di notte lo stringevi e lui spalancava i suoi occhioni azzurri luminosi. Almeno stando alla pubblicità. I miei non ne volevano sapere di comprarmi un gattino, quindi Sognolo sarebbe stato il compromesso perfetto. Per Natale. Mi raccomando, papà. Sognolo.

Mio padre tornò il ventiquattro dicembre sera e mi disse, sconsolato, che il mio regalo era introvabile:

«Mi dispiace. Non hanno Serino».

SERINO? Ma ti sei bevuto il cervello?

Non so quale circuito cognitivo abbia portato mio padre a rimuovere la parola *Sognolo* e a sostituirla con *Serino*. Chiaramente nessun giocattolaio sapeva cosa fosse Serino, quindi zerobabbà.

«In compenso ti ho comprato questa».

Twinkles. La detestavo, cacchio. Una sgualdrinella da due soldi con un fiocco di plastica in testa che lampeggiava. L'ode al cattivo gusto.

«Grazie, papà».

Siccome Sognolo mi era rimasto sul gozzo, a Natale dell'anno dopo ruppi i coglioni per farmi comprare la My Magic Nursery, più per capriccio che per altro. La My Magic Nursery si situava perfettamente in quel solco di bambole che ti costringono a rivivere il trauma delle più triviali banalità del quotidiano. Ma non è che, badate, mangiasse, pisciasse, parlasse o altro. No. Questa bambola nasceva. Sì, esatto, come i bambini veri. D: *Cosa fa la My Magic Nursery?* R: *Nasce*. Costava settantamila lire, una cifra assurda, un'inseminazione artificiale mi sarebbe costata di meno.

La My Magic Nursery funzionava così: tu la compravi. Dentro la scatola c'era un bambolotto con la cuffia in testa. Arrivavi a casa e gli/le toglievi la cuffia, e, rullo di tamburi, se aveva i capelli lunghi era femmina, se li aveva corti era maschio. Che suspense! Ma non finiva qui. Dopo averlo scuffiato, dovevi immergere il pargolo in una tinozza. Il suo pannolino si scioglieva e dalle torbide acque azzurrognole emergeva un certificato di nascita, protetto nella plastica, che diceva in tutte le lingue: «È UNA FEMMINUC-

CIA!», oppure: «È UN MASCHIETTO!». Allegato alla confezione c'era anche un libro di nomi, così il neonato poteva essere battezzato.

Allucinante, lo so. Però tutto questo iter perverso mi intrigava.

Ovviamente nessuna bambina sana di mente desiderava che dalla confezione spuntasse fuori un maschietto. Restai col fiato sospeso finché non trassi dalle acque il certificato che dimostrava che sì, fiù, era una bambina (lo scoprimento della cuffia me lo lasciai per dopo, vecchia volpe). Non a caso, erano state messe in commercio molte più My Magic Nursery femminucce che My Magic Nursery maschietti. Mi ricordo che qualche sfigata aveva avuto il maschio ed era diventata lo zimbello del quartiere.

A rendere la My Magic Nursery ancora più speciale c'era questa stellina termosensibile disegnata sulla guancia, che quando la baciavi diventava un cuore. Io devo averla baciata troppo, perché a un certo punto il termostato si è ingrippato, e la mia Elizabeth ha finito i suoi giorni con uno sgorbio sulla guancia che non era né una stella, né un cuore. Riuscii a spacciarlo alle altre piccole mamme come una cicatrice da varicella.

Tuttavia il meglio di noi l'abbiamo dato nel Natale dell'85. Mia zia, una ziona grassa, affettuosa e non troppo lucida, mi chiese cosa volessi per Natale. Ricordo che mi telefonò apposta. Con il mio solito piglio scazzato risposi: «Un pulcino che batte tre volte col becco dentro un cuoricino di plastica rosa, il cuoricino si apre ed esce il pulcino». Mia zia impazzì. Letteralmente, impazzì per trovarmi quel regalo. Approdò a casa mia la notte di Natale con due occhiaie così, visibilmente più magra e sciupata, e mi disse che aveva cercato il pulcino *ovunque*, ma non era riuscita a trovarlo. Ovviamente sarebbe stato scortese dirle che l'avevo presa per il culo, così accolsi tra le mie braccia con devozione una specie di trappolone con le palline della Clementoni. Una merda.

Il mio habitus di spaccare i maroni subì un colpo d'arresto quando la sorella piccola di mia madre andò non mi ricordo dove per lavoro. Mi telefonò da sa iddio quale città per chiedermi *cosa volevo essere portata*. All'epoca non c'era filtro tra la mia mente malata e la mia boccuccia di rosa. Dicevo assolutamente qualsiasi coglionata che mi passasse per la testa: «Una negretta», risposi.

Les jeux sons fait: mia zia si presentò con una negra di plastica di un metro e mezzo, vestita malissimo, piena di toppe, sbarcata da chissà quale campo di cotone, con tanto di marmocchio infelice che puppava dalle minne. Bestiale. Conficcata nella schiena, questa bambola aveva una chiavetta a corda che, se caricata, faceva lamentare la negra in un gospel straziante. Mia zia aveva superato ogni più rosea aspettativa, dovevo solo togliermi il cappello. Fu l'unica bambola che ebbi l'accortezza di non distruggere, e tutt'oggi vive, inscatolata sotto il mio letto, stringendo tra le braccia la salma del fratellino di Ray Charles.

Sconcertata dal mio cinismo, quando avevo sei anni mia madre mi iscrisse al Club delle Piccole Mamme. Ogni mese arrivava a casa una busta delle Piccole Mamme con adesivi e spillette Piccole Mamme raffiguranti piccole mamme della mia età che si prendevano cura delle proprie bambole. Il logo raffigurava una bimbina che spingeva un carrozzino: lì capii che, non appena possibile, mi sarei fatta impiantare una spirale.

Giocare alla maternità non mi piaceva. Non volevo sentirmi mamma, volevo sentirmi femminista emancipata. Tralasciate dunque le bambole, cosa che è avvenuta intorno ai dieci anni, mi dedicai a due intrattenimenti da signora adulta: giocare allo chef e masturbarmi. Ovviamente, i miei genitori erano a conoscenza solo del primo *divertissement*, e infatti avevano attrezzato la mia cameretta con una cucina di dimensioni quasi reali. Bassa com'ero, entravo comodamente nel forno insieme ai polli di plastica.

La masturbazione invece non era stata un'idea mia. L'iniziazione avvenne per mano di un'amichetta che vedevo spesso, la quale chiamava questa abitudine perversa «giocare ai fidanzatini». Il gioco prevedeva un plot narrativo da soft-porno: facevamo finta di camminare in una galleria di quadri (il corridoio di casa sua) e di scontrarci accidentalmente come Mirko e Licia dei Bee Hive, cadendo. L'incontro sfociava sistematicamente in un drink a casa di lei (la cameretta) con l'epilogo che voi, adulti e vaccinati, potete benissimo immaginare da soli. Un altro setting molto frequente era il treno: spostavamo in corridoio tutte le sedie della cucina e le mettevamo in fila indiana. Sua madre, che si vedeva la casa sistematicamente messa a soqquadro, brontolava: «Ma mi spiegate che cosa c'è di divertente a giocare al treno?». L'ignara signora non sapeva che dopo aver scambiato quattro chiacchiere con sua figlia sull'intercity me la sarei scopata nel cesso della carrozza ristorante. Che, incidentalmente, era anche il cesso di casa sua.

L'aspetto grottesco è che facevamo anche dei bambini. Poco prima di raggiungere l'orgasmo, la mia amica agguantava una bambola a caso e se la faceva uscire da sotto la gonna. Lo trovavo imbarazzante. Le avrei dovuto dire di prendere la pillola.

Ogni tanto sua sorella si univa al gioco, originando quelle che, tecnicamente, si chiamano orge. Era di parecchi anni più grande, aveva poco tempo, usciva coi suoi amici, non si prestava a inscenare trame complesse. Quando c'era anche lei, perciò, si trattava sempre di una versione in forma ridotta: si partiva che eravamo già sul letto e si finiva a inzaboriare dopo pochi minuti. Le coppie si alternavano, io con lei, io con l'altra, le due sorelle insieme. Quello che non ho mai confessato è che non raggiungevo alcun orgasmo: come avrei scoperto quindici anni dopo, non sono clitoridea, e l'osso pubico che mi cavalcava mi faceva solo un gran male.

Giorni fa sono tornata a correre al parco, erano mesi che non ci andavo: la primavera mi mette voglia di fare le cose. A parte i piatti. Però uscire, l'amore, i viaggi e i saltelli sì.

Rientrando verso casa, sono passata davanti a uno spiazzo dove dei bambini sgambettavano spensieratamente sull'altalena, e ho avuto un ritorno all'infanzia. Mi sono avventurata tra i cespugli, ho messo giù il borsone e sotto lo sguardo perplesso delle mamme (mie coetanee) ho zampettato per accaparrarmi la mia fetta di felicità volante, laonde ho distribuito con imbarazzo dei «salve» e dei «ciao». L'impalcatura ha scricchiolato sotto il mio peso: ho sorriso a tutti contrita. Ho cominciato a dondolare prima timidamente, poi, vedendo che la struttura bene o male reggeva, mi sono abbandonata al ritmo di *Ring Of Fire* – nella versione dei Social Distortion (yeah) – che avevo nelle cuffie finché i miei piedi non hanno toccato il cielo. Avanti, indietro, avanti, indietro, diastole e sistole è il ritmo del cuore e della vita.

Dondolando, mi è tornata alla mente una grande passione di quand'ero bambina: l'altalena. L'amavo a tal punto che obbligai i miei genitori a installarmene una in camera. Era una tavoletta di legno con le corde attaccate. Era fissata al soffitto con tasselli e moschettoni e attraversava tutta la diagonale della stanza, compiendo oscillazioni fino a quattro metri d'altezza. L'altalena era il mio pensatoio. Ogni pomeriggio, dopo pranzo, mi concedevo un'oretta di altalena. Il mio sottofondo musicale preferito mentre altalenavo era *Oro Incenso e Birra* di Zucchero, perché passava da canzoni pop come *Overdose d'amore* alle graffianti schitarrate di *Diavolo in me* a ballate dolcissime come *Diamante*, coprendo tutta la possibile gamma dei miei stati d'animo (Zucchero, adesso escimi i soldi).

La possibilità che i moschettoni cedessero, che io spiccassi un volo dalla finestra della camera a quaranta chilometri orari era una possibilità concreta. Io mi tenevo stretta alle corde, poi giravo su me stessa attorcigliandole, mi svitavo in vorticose piroette, altalenavo sghemba, staccavo le mani, facevo di tutto per morire. Non sono mai morta.

Mestruazioni

Le mestruazioni secondo me potevano non esistere. Pensateci: quel geniaccio di Dio ha pensato a tutto, ma proprio a tutto, e non ha trovato un metodo per far cadere l'ovulo senza strascinarsi appresso tappezzeria e sangue, ogni mese? Non ci credo. Ha fabbricato l'ugola per modulare la voce, ha modellato a colpi di scalpello la perfezione del dente molare, ha persino fatto un lussuoso scivolo sotto il labbro per agevolare la discesa del muco, e non gli è venuto in mente che avere un litro di sangue nelle mutande ogni ventotto giorni potesse essere fastidioso? No, diciamoci le cose come stanno: le mestruazioni sono una punizione del Signore e servono a ricordarci a scadenze regolari (si fa per dire) che la vita è dolore.

Quando mi arrivarono le prime mestruazioni, mi fecero la torta. La nostra donna delle pulizie si prese un'ora di pausa per impastare e infornare una splendida ciambella, la ciambella mestruale. Al Sud fondamentalmente non aspettano altro che un buon pretesto per cucinare (i miei vicini di casa arrivarono a fare una torta nel giorno di san Carlo per l'onomastico del loro bassotto Charlie). Io ero tutta contenta: adesso ero una donna! Si sdoganavano tutta una serie di oggetti fino ad allora proibiti: gli assorbenti, i tamponi, i salvaslip, e appresso anche reggiseni, bikini, rasoi, insomma, tutto. A scuola, quando il professore di educazione fisica faceva l'appello prima di scendere in palestra, con molto orgoglio mi alzavo e sentenziavo: io non posso, perché sono *indisposta*. Avete sentito tutti? *Indisposta*. Non sono disponibile, non sono *available*, sono *off*, sono una donna che vive al passo coi tempi e ho le mie mestruazioni. Quando mi alzavo per andare in bagno a cambiarmi l'assorbente, facevo in modo che i miei movimenti furtivi per nascondere la bustina fossero ben visti da tutta la classe, dopodiché imbroccavo la porta sculettando, con la tasca di dietro dei jeans bella rigonfia. Mi sentivo veramente una superstar.

Questa sensazione di superstarship andò scemando di mestruazione in mestruazione, finché arrivi in quinto ginnasio e comprendi che i maschietti tuoi compagni sanno meglio di te cosa si nasconde nella misteriosa busta. Poi vieni a sapere che una campionessa olimpionica ha vinto con tutte le mestruazioni il titolo mondiale, cosicché il mito dell'*indisposizione* crolla, e comunque dopo aver scartato il duecentocinquantesimo assorbente cominci anche tu ad averne un po' piene le palle. Dopo quattro anni di mestruazioni ti è già capitato infinite volte di essere fuori a cena e sentire il lago dei cigni che comincia a spandersi sulla sedia, oppure di essere al mare, tutti vanno a tuffarsi, mentre tu sei sotto l'ombrellone bardata come Omar Sharif, sciarpa in testa, occhiali da sole, e fai un cortese sorriso all'idiota che ti chiede come mai non fai il bagno. Al sesto anno di mestruazioni comincia ufficialmente il conto alla rovescia per la menopausa, e valuti seriamente la possibilità di farti fare un fiocchetto sulle tube di Falloppio. Ma tutto ciò è niente, finché non ti arrivano le mestruazioni *dolorose*.

Fino all'età di vent'anni non avevo idea di cosa fossero i dolori mestruali. Conoscevo ragazze che una volta al mese si contorcevano nel letto senza potersi muovere e senza riuscire neanche a parlare, ma pensavo che fossero delle esagerazioni teatrali. Poi una volta stavo sul motorino e cominciai a sbandare. Sentivo il basso ventre pigiato tra uno schiacciasassi e un tritacarne, sudavo freddo e l'unica ragione per cui restavo in equilibrio era che il mio corpo era conteso tra due vettori: la pulsione a svenire e quella a vomitare. Arrivai a casa verde in faccia. Mia madre mi fece ingollare un pasticcone arancione di tre centimetri, un analgesico ad alta intensità. Persi metà delle mie percezioni sensoriali: stavo una favola, ringraziai tutti, poi crollai a pera sul divano, con un sorriso ebete.

Un anno e mezzo dopo, diventata completamente succube della mia pasticca arancione una volta al mese, per avere la quale ormai ero pronta a sterminare la famiglia, potevo passare al quadro più difficile: le mestruazioni dolorose semplici divennero mestruazioni dolorose *con diarrea*. La correlazione scientifica tra sangue nella passerina e cacca nel popò rimane oscura: succede, semplicemente, che le due dighe si spalancano in contemporanea, per cui ogni volta che sei sul cesso devi fare la guerriglia su due fronti in sincrono. Durante il ciclo ormai sono una specie di tronco umano, drogato, imbrattato di sangue, con sorriso peyotico, che si caca sotto. Non è bello.

La tecnologia al servizio delle mestruazioni, di contro, è semplicemente ridicola. Proprio l'altro giorno mi sono abbassata i pantaloni, mi sono seduta sul cesso e mi sono accorta troppo tardi che l'assorbente, anziché restare attaccato alle mutande, era rimasto attaccato ai peli della mia fichetta, dopodiché è caduto nella tazza e io ci ho pisciato sopra, ed è stato giustappunto il rumore di piscia + ali + plastica + microcelle traspirevoli a farmi scattare il campanello d'allarme. Possibile che abbiamo inventato l'energia nucleare e non siamo riusciti a fare degli adesivi decenti per i pannetti? Gli assorbenti si arricciano, slittano, si torcono, viceversa le ali si incollano perfettamente tra loro e quando devi staccarle ti servono le forbici, perché se dai uno strattone troppo forte a mano ti arriva in faccia una pioggia di microcelle traspirevoli inzuppate di mestruo. Il fatto che poi per inserire il tampone in molti casi sia ancora necessario infilarti un dito nella patata mi pare davvero fantascienza da cavernicoli.

Anche il capitolo «sesso e mestruazioni» è denso di avventurosi risvolti. Con la raffinata formula *salsiccia col ketchup* si allude alla penetrazione con mestruazioni, una pratica che diverte le prime due volte, poi basta, anche perché così facendo hai mandato in vacca due terzi del corredo. Resta il sesso orale, solo attivo ovviamente, e la masturbazione, anch'essa del tutto univoca. In altre parole non solo hai le mestruazioni, ma devi anche dedicarti al totale vassallaggio del tuo partner. L'unica cosa che ne hai in cambio è un distratto e sporadico pastrugnamento delle tette, che peraltro ti fanno un male boia. La misoginia di Dio mi pare a questo punto pienamente dimostrata.

Le cose potrebbero difficilmente andarti peggio di così, a meno che tu non abbia un ciclo irregolare, cosa che io ho. Il mio ciclo oscilla tra i ventidue e i trentacinque giorni, e dura dai quattro ai quattordici giorni. Praticamente ci sono mesi in cui io ho tre settimane di mestruazioni, e mesi in cui faccio quindici test di gravidanza. Ovviamente, tra una mestruazione e l'altra soffro, come è giusto che sia, della sindrome premestruale, durante la quale piango anche se vedo *Batman il ritorno*. Il mio fidanzato di turno ovviamente è esentato dal partecipare a questo divertente carosello di paturnie perché, se il Creatore avesse voluto arrecargli qualche remoto disturbo, avrebbe dato il ciclo anche a lui.

Noi però, in cambio, abbiamo la maternità. Come dire che Mussolini, dopotutto, ha fatto la bonifica dell'Agro Pontino.

La Ballata delle Prugne Secche

Addentare un sacherino mignon, sentire lo schiaffo del cioccolato, l'onda di zucchero, lo squagliamento sotto la lingua, il bolo saccarino che scivola in gola. Io vivo per quel momento. E per pochi altri momenti significativi. Dovevo nascere con qualche secolo d'anticipo: banchetti madornali fino a stonarmi le cervella.

Per me la quantità di cibo ingeribile non ha limite teorico. La dieta non è cosa mia, e neanche sudare sotto il sole per abbronzarmi è cosa mia, a onor del vero niente di ciò che richiede pazienza è cosa mia, inclusa la messa in piega col phon (soprattutto). Invece nel Settecento zac, infilavi il parruccone bianco e passava la paura. Sono nata nel secolo sbagliato, semplicemente. Le cose stanno così: vince chi ha più tempo libero. E chi è ricco. Nel Settecento chi aveva tempo libero ed era ricco stava in panciolle a casa a non fare un accidenti, quindi ingrassava. Oggi chi ha tempo libero e soldi va in palestra e si fa le lampade, quindi è smunto e marrone. Qualche secolo fa erano le poverelle, le braccianti, ad essere magre e abbronzate, perché si facevano il culo sotto il sole. Quindi erano out. Adesso invece sono in, mentre la cassiera pallida col culone è out. Insomma, io sono out, ma sarei in se fossi nata quando dovevo nascere. Quindi.

A quattordici anni, stanca di combattere contro le beffe del mio secolo, decisi di diventare anoressica, liberandomi una volta per tutte del fastidioso problema di possedere una *res extensa*, o corpo fisico che dir si voglia. Ma facciamo un passo indietro.

Orgogliosa di aver accostato minigonna blu e mocassini blu, arguto pendant che mi era costato diverse ore di tentativi davanti allo specchio, feci il mio tronfio ingresso nell'aula magna, dove si stava svolgendo l'assemblea d'istituto. Il ragazzo con la cresta arancione di cui ero pazzamente innamorata stava tenendo il comizio. Era seduto sulla cattedra, gobbo, gambe penzoloni, sciarpa intorno al collo, megafono sulle labbra. Sgomitai per arrivare in prima fila, al fine di fargli rimirare la mia vibratile coscia tacchinesca, di cui andavo ancora relativamente fiera. Il ragazzo non mi degnò di uno sguardo. Non solo: passò tutto il tempo a mandare romantiche occhiatine e smaglianti sorrisi a una stangona magra come un chiodo, che lo guardava a gambe accavallate sbattendo le ciglia. Tornai a casa depressa e infuriata: «Che hai?», mi chiese mia madre, vedendomi sbattere la porta e marciare verso la mia camera. «Niente!», tuonai, «Sono grassa!», aggiunsi. A quattordici anni è molto difficile elaborare la non-accettazione, quindi, per semplificare, la si trasla sul proprio corpo. Lo step numero uno fu dunque andare in edicola e acquistare una rivista femminile a soggetto «diete da fame».

Anche le mele, se troppe, fanno ingrassare.

Questa frase, con queste virgole, era l'incipit della famosa dieta dei sette giorni. Vi rendete conto da soli che è un'idiozia. Prima di poter ingrassare con le mele sareste già morti di nausea. Non so se vi è mai capitato di mangiare quattro mele di fila. Se siete persone normali, no. Se siete persone normali *e* maschi, a maggior ragione no. Quattro mele di fila sono sufficienti a farvi venire il vomito. Cinque sono il vomito senza scampo. Sei sono la morte dei sensi. Lo step successivo è spararsi in faccia.

Potete mangiare una prugna secca (una sola, mi raccomando!).

Il fatto che io ricordi a memoria, interpunzione compresa, frasi intere prese dalle diete dei giornali dovrebbe già farvi sospettare che non rientro né nella categoria dei maschi né tantomeno in quella delle persone normali. La rivista faceva una digressione sui possibili spuntini: una prugna secca, una sola, mi raccomando. Questi sono inequivocabilmente i toni usati per intimidire le persone agli interrogatori (per approfondimenti vi suggerisco la lettura di *Mindfucking*, Stefano Re, edizioni Castelvecchi, ovviamente). Il primo giorno di dieta comprai dunque la mia scatola di prugne secche, come precettato dall'affidabile magazine. Prima di andare alla cassa la confrontai con altre scatole di prugne secche per vedere quale aveva meno calorie per prugna. Le prugne Sunsweet avevano più calorie delle prugne Noberasco, ma le prugne Noberasco avevano il nocciolo, quindi avrei dovuto sapere quante prugne ci volevano per fare cento grammi, sapere quanto pesava un nocciolo, moltiplicarlo per il numero di prugne e sottrarre il peso della somma dei noccioli. Cosa che, incredibile ma vero, feci. Alla fine le prugne Sunsweet dimostrarono di avere comunque più calorie delle prugne Noberasco, quindi la volta dopo andai sparata sulle Noberasco. Dopo aver mangiato una prugna Noberasco come spuntino mi si apriva sistematicamente una voragine nello stomaco: ne volevo altre. Molte altre. Un mucchio di altre. Ma non potevo. Ma ecco accorrere in mio aiuto il saggio consiglio della rivista:

Potete succhiare il nocciolo.

Questa sì che è una dritta. Finita la tua prugna (una sola, eh), quello che devi fare è succhiare il nocciolo, fino a stordirti con il sapore del legno. Alle quattro del pomeriggio partiva la manducata del nocciolo Noberasco, che veniva sputato verso le sei e mezzo. A quel punto cominciava il conto alla rovescia per arrivare all'ora di cena (cinquanta grammi di un pesce triste a scelta), dopodiché si proseguiva con il conto alla rovescia per arrivare alla colazione, non meno deprimente della cena (una fetta biscottata ammollata nel tè).

Io penso al cibo molto spesso. È nella mia natura: da quando sono nata non ho fatto altro che puppare la tetta di mamma, e poi trovare surrogati via via più raffinati, dal ciuccio alle sigarette, passando per un vasto assortimento di pappe, pippe, bibite, unghie. Avrò un centinaio di fantasie orali al giorno. Quando mi misi a dieta, smisi di avere tutte queste frequenti fantasie sul cibo, avevo un solo pensiero, fisso, unico: mangiare. Cosa che non facevo mai. *Istruzioni per rendersi infelici* di Watzlawick mi faceva insomma una ricca sega.

Quando arrivi a pesare trenta chili e cominciano a reclutarti per i casting dei film sull'Olocausto significa che la dieta sta funzionando alla grande, più nello specifico stai morendo, che è esattamente il tuo obiettivo, perché da morta potrai finalmente goderti il meritato sonno dei magri senza doverti più affannare per conquistare stupidi rappresentanti d'istituto. In attesa che arrivi il giorno della tua scomparsa, però, dovrai far fronte a tutta una serie di rogne inenarrabili come inviti a cena, feste di compleanno, uscite con gli amici, eccetera. Andiamo a vedere punto per punto come vivere un'appagante vita sociale senza dare nell'occhio sul fatto che ti stai lentamente spegnendo.

Party. I party sono la tua croce. Non puoi bere, non puoi mangiare, non puoi neanche ballare perché non ne hai le forze. Una soluzione intelligente è offrirti di preparare la torta: così passerai il pomeriggio con le mani in pasta e la serata a guardare gli altri che si godono la leccornia fatta da te. Si chiama voyeurismo. Il voyeurismo è fondamentale, sègnatelo. Non essere così idiota da organizzare tu una festa, ovviamente, quello è masochismo.

Discoteca. Finalmente puoi sfoderare le tue gonne taglia 36 e relative gambe da cicogna, frutto di un duro regime nazi-alimentare. Purtroppo però il tuo colorito cereo, le occhiaie, lo sguardo depresso da tonno imbalsamato, il capello spento e l'assenza totale di tette ti rendono un detestabile mucchietto di ossa abbandonato ai bordi della sala. Allorquando qualche amante dell'orrido si avvicinasse e ti offrisse qualcosa da bere, declineresti con cortesia e decisione (lo sai che un gin tonic contiene le stesse calorie di un piatto di pasta alla carbonara?), quindi le speranze che hai di rimorchiare in discoteca sono pari allo zero. Resta a casa.

Pub. Adesso che nei locali pubblici è vietato fumare, per te i pub potrebbero anche estinguersi. L'alcool non solo ingrassa, ma gonfia, e come dice la rivista, non nutre. Non se ne parla nemmeno. Uscire dal pub a farti una sigaretta è fuori discussione perché, non avendo un grammo di lardo addosso, il tremore ti impedirebbe di tenere la cicca in mano. Anche in questo caso: resta a casa.

Ristorante. Qui non ci sono molte vie di scampo. O esci allo scoperto in tutta la tua sociopatia, oppure mangi come gli altri. Se mangi come gli altri ti verrà da correre in bagno a vomitare tutto, il che equivale a uscire allo scoperto in tutta la sociopatia. In altre parole, evita le cene. Un valido compromesso è sgranocchiare disinvolta un grissino a tavola, conversando amabilmente, dopodiché abbandonare il convivio, chiedere dov'è il bagno e farsi la rampa sopra e sotto un centinaio di volte per bruciare le trenta calorie relative al prodotto da forno che hai appena ingerito. Se ti dice sculo e la toilette è allo stesso piano della sala, non demordere, chiuditi dentro al cesso e usa la tazza come step.

Feste comandate. I nonni sono animali semplici. Nel loro make-up genetico non è contemplato il concetto di dieta, né tanto meno quello più sofisticato di anoressia. Ti diranno che sei sciupata e ti rimpinzeranno di manicaretti, e tu, che non hai la forza di controbattere, dovrai fingere di mangiarli con gusto. Generalmente queste pantomime hanno le gambe corte e si concludono in rantoli sul pavimento, corse in bagno, scene isteriche. Non meno perniciosi sono i pranzi dalle zie: sebbene più al passo coi tempi rispetto ai propri genitori, esse desiderano intimamente essere magre come te, quindi boicotteranno in tutti i modi la tua dieta mascherandosi dietro questioni morali, o di buon senso d'accatto. Nein. Evitare. La mamma (è sempre la mamma) è quella che più di tutti si accolla le tue mattane senza ostacolarti, sebbene si affranga nel vedere che stai sparendo più in fretta di un coniglio nel cappello. Ma le donne colpite da problemi col cibo come te sono proverbialmente agite da un insano egoismo, per cui poco se ne fregano della mamma. A Natale datti malata. A Pasqua, come precettato dal saggio proverbio, sei pienamente in diritto di fartela con chi vuoi. A Ferragosto sarai stata reclutata per il suddetto film sull'Olocausto, quindi con tutta probabilità ti troverai in Polonia a girare con Polanski. Al ponte dei morti sarai, a occhio e croce, morta.

Studio. Leggendo consumi quaranta calorie l'ora. Studiando ne consumi il doppio. Lo sai, ed è per questo che leggi di continuo, con la disperazione di Vittorio Alfieri. Peccato che non capisci un cazzo di quello che sta scritto: la mancanza cronica di energie, più la quantità di pippe su cui sbatti il muso a ripetizione, ti fanno percepire come astruso e insignificante l'intero patrimonio letterario mondiale. Rinuncia alla laurea e dedicati alla televisione, dunque. Quando ti accorgi di pesare meno della somma di tutte le vallette hai vinto il gioco. Ovviamente creperai molto prima, il che va benissimo, solo che Gerry Scotti sarà l'ultima immagine impressa sulla tua retina prima di tirare le cuoia: pensaci.

Sesso. La Natura la sa lunga, e ha capito perfettamente che una decerebrata come te è meglio che non si riproduca. La tua libido è ai minimi storici, e i rapporti sessuali, già normalmente paludati da paranoie sul tuo corpo e sensi di colpa di vario tipo, adesso prevedono che tu sia una semplice macchina obliteratrice. Il sesso è un disagio passeggero, comunque, perché il tuo ragazzo si sta trovando un'altra. Devi solo attendere pazientemente che ti lasci.

Peppe

Presto raggiunsi il mio obiettivo: mi ammalai. Non sapevo che malattia fosse, ma la sentivo, e mi faceva godere pienamente. Mi aggiravo per la casa come un fantasma, chiusa nella mia vestaglia da pugile, pallida, piangente, con le occhiaie. Rotolavo sul pavimento in preda alla paranoia vomitandomi addosso in un lago di yogurt. Non mi reggevo in piedi, mi si contavano le costole anche con la giacca a vento. Nel giro di poco persi anche le mestruazioni. La ginecologa diede un nome alla mia malattia, la chiamò *anoressia*, e i miei professori vollero parlare con mia madre. Ero molto fiera del fatto che qualcuno si stesse finalmente occupando di me, evidentemente il morso allo stomaco stava dando i suoi frutti.

All'apice dell'anoressia conobbi il mio primo ragazzo. Peppe aveva un pessimo rapporto con sua madre, è per questo che stava con me, perché non sopportava le donne, e io non ero una donna, dal momento che addosso non avevo una curva neanche per sbaglio. Peppe era uno gnappo con i capelli ricci, magro, emiliano, lo conobbi al mare. Mi soffiava la Smemoranda e se la passava da una mano all'altra senza ridarmela, credendo in questo modo di risultarmi simpatico. Io mi sbracciavo. Lui mi chiamava nana, nana, nana. La nana un giornò gli sferrò un calcio nelle palle e la Smemoranda mi tornò impeccabilmente in mano, plof. Il problema Smemoranda fu risolto per sempre, ma Peppe continuò a darmi fastidio: piccoli dispettucci, piccoli scherzetti, piccoli giochini. Quando uscivo di casa me lo ritrovavo sotto il portone a farmi «ba!» da dietro l'angolo. Una sera decisi di prendermelo sottobraccio e parlargli apertamente: «Peppe, hai rotto la minchia». Peppe mi confessò di essere innamorato di me. Che dolce. Mi lasciai impietosire. Che mi costava starci un po' insieme? E così cedetti. La storia con Peppe fu il tragico debutto in una folgorante carriera di relazioni inutili e basate sulla pena.

Nella prima manche da fidanzata della mia vita scoprii tutto quello che c'era da scoprire sul mondo dell'eros.

Bacio. Prima di Peppe avevo baciato solo Roberto. Roberto era il figlio dei migliori amici dei miei genitori. Un giorno, nella sua cameretta, mi infilò in bocca l'indocile anguilla insaponata. Di quel primo bacio ricordo solo la copia del Picasso che stava alle spalle di Roberto, che scomposi mentalmente in tutte le sue parti mentre la lingua esplorava le mie cavità orali, e poi ricordo che mi tremavano gli incisivi di sotto. Dopo una decina di secondi lo spinsi via dicendo: «Roberto, non mi sembra il caso». Mi sembrava una frase molto adulta e pertinente. Con Peppe le cose andarono meglio: mi disse di chiudere gli occhi anziché tenerli spalancati «come un gatto in panico» (sic) ed effettivamente funzionò. Cominciai a simpatizzare cautamente con l'anguilla insaponata.

Stettezzamento. Con la prima relazione arrivò, inaspettata, la prima toccata di tetta. Non l'avevo cercata, non la volevo, era un di più, un non-richiesto, anzi, una grana. Quando Peppe mi abbassò il reggiseno scoprendo le mie zinnette – due brufoli perfetti, minuti, simmetrici – rimase visibilmente deluso. Disse che erano un po' piccoline per i suoi gusti. Io gli ricordai, sistemandomi piccata gli occhiali sul setto nasale, che la tetta perfetta è quella che entra in una coppa di champagne. Peppe mi fece notare ridacchiando che la mia entrava comodamente in un bicchierino di grappa. Feci la mossa di picchiarlo, mi alzai indispettita e me ne andai barcollando sulla sabbia: «Che avete fatto?», mi chiese la mia amica al lido, posandomi una mano sul braccio, che io liberai con violenza. «Un cavolo», sbottai. Il problema, ovviamente, non era mio. Prova ne sia il fatto che io e Peppe ci rivedemmo l'estate dopo, quando io portavo una generosa terza, e lui ebbe la facciaccia di dire che avevo le tette troppo grandi.

Sega. Il nome *sega* è veramente orrendo. Potevano dargli un nome più carino, più musicale: piripì, poropò, zuzzullà. Sega sa di duro lavoro d'artigiano, che costa fatica e sudore, e che si porta dietro anche uno strascico fastidioso di trucioli da spazzare. Come falegname, inutile farne mistero, mi rivelai essere una schiappa totale. Eravamo in spiaggia. Peppe aveva reso confortevole il nostro perimetro d'amore con un pratico telo da mare nei colori moda. Sotto il telo cercava di pastrugnare disperatamente quel poco di ciccia che avevo, poi, con grande nonchalance, portò la mia manina sul suo batacchio. Era una sensazione nuova, vagamente riconducibile all'esperienza (rara, episodica) con le zucchine un po' mature.

Andai del tutto a caso, preda di un pallido precetto dogmatico. Impugnai il coso come un joystick e provai a sterzarlo a destra e a sinistra. Lo alzai e lo abbassai come la leva della slot machine. Non si vinceva niente. Andai di fantasia. Immaginai che fosse un piccolo neonato e provai a prendermi cura di lui, gli misi un ditino sulla fronte per vedere se aveva la febbre, poi lo carezzai. Snervato, Peppe si rimise alla cabina di pilotaggio e fece da solo quello di cui abbisognava, e dopo cinque minuti di paziente falegnameria – durante i quali vidi cadere una stella cometa, ma evitai di segnalargliela – il piccolo neonato malaticcio si espresse in un maldestro starnuto e si rimise a dormire.

Ditalino. Vi siete mai chiesti perché le donne hanno difficoltà a parlare di masturbazione? A me sembra ovvio: è come per i cocktail, ti devi sentire figo quando li ordini. Hey, fammi un Manhattan. Hey, fammi un Martini. Hey, fammi un Long Island. Nessuno ordinerebbe un cocktail che si chiama Ditalino. Hey, fammi un Ditalino. Non suona. Ti fa sentire idiota, questo nome un po' sfigatino, il ditalino, il contentino. Il cicchetto per i perdenti. Peppe un pomeriggio mi tirò per un braccio e mi portò in pineta, dove mi spogliacchiò contro un albero. Mi chiese se volevo un ditalino. Da brava meridionale so che rifiutare è cattiva educazione, quindi risposi con un flebile: «Ok!». Cominciò la presa della Bastiglia: una mano mi sganciò la bretella della salopette, l'altra mano mi arraffò le mutande, infine la mia patonza fu perforata dalla ruvidità di un dito unghiuto di cui non avevo mai sentito la mancanza, e senza il quale avrei potuto campare altri cento anni. Cominciai a mugolare di puro dolore. Peppe mi tappò la bocca e iniziò a sbavarmi nell'orecchio. Sono stati i cinque minuti più lunghi della mia vita. Quando mi sembrò che il dito fosse arrivato alla bocca dello stomaco lanciai un urlo disumano, che, scambiato per un orgasmo, mise fine alla tortura.

Succhiotto. Non ho mai capito a cosa servono i succhiotti. Non c'è nulla di piacevole nell'avere un tizio che ti si attacca al collo come una lampreda di mare, e non capisco quale imbecille l'abbia assurto a topos fondamentale dell'erotismo. Comunque sia, da fidanzata di Peppe subii anche la mia brava dose di inutili succhiotti. Il premio per quel supplizio si rivelò essere una macchia rosso pompeiano delle dimensioni di una cento lire, anche brutta. Mia madre cominciò a vedermi schizzare da una stanza all'altra a Ferragosto con un sospetto foulard intorno al collo. Ovviamente, essendo al mondo da trent'anni più di me, sapeva benissimo cosa stessi nascondendo, ma doveva umiliarmi. Mi strisciava a fianco, allungava il collo e sibilava: cosa nascondi sotto il foulard? Alla fine mi strappai il fazzoletto e le mostrai la gola, dicendo che ero stata punta da un *cavalluccio marino*. Mi arrivò un meritato schiaffo in piena faccia. Non tanto per il succhiotto, quanto perché credere di farla franca con la storia dell'ippocampo (beata gioventù) offese comprensibilmente la sua intelligenza.

Pompa. Ecco qua. Ci siamo. È il giorno. Superate alla carlona tutte le audizioni precedenti, sono chiamata a giocarmi il tutto per tutto. Peppe, disteso sul sacco a pelo, in posa tronfia e patriarcale, mi scompiglia con affetto fraterno i capelli e mi spinge con molta diplomazia la testa in basso, a due mani. Tanto per cominciare non sapevo da che parte prenderlo, il pipo, e avevo paura che impugnandolo mi sarebbe rimasto in mano. Strisciai scomodamente aderendo alla pancia, come un soldatino, e dopo alcuni tentativi mancati, finalmente lo incapsulai. Il fatto stupefacente è che non sapeva di niente. Sapeva di gomito. Cioè di niente. Andai nuovamente di fantasia, immaginandomi che fosse un gelato. Questa volta, al contrario del piccolo neonato, funzionò alla grande.

Dopo una goffa settimana fidanzatesca, Peppe tornò a Bologna. Mi congedai da lui con un paio di affettuose pacche sulle spalle. L'estate era finita. Dopo alcuni giorni dal rientro, il telefono squillò. «È Peppe di Bologna», disse mia madre, tirandomi il cordless. Oddio: cosa vorrà mai? Voleva discutere – esordì – le prospettive della nostra relazione. Relazione? Nostra? Prospettive? Pittandomi le unghie gli spiegai candidamente che tra Bologna e Foggia c'erano in mezzo troppi treni, troppe difficoltà, peccato, perché avevo dei profondi sentimenti per lui: «Ma quindi la risposta qual è? Vuoi stare con me, sì o no?». Io non sono mai stata per il no secco. Non ce la faccio, è più forte di me, mi sembra una crudeltà inutile. Impacciata, con voce un po' strozzata, balbettai un generico: «Io... Uhm... Ehm... Ti chiamo». Seguirono trenta secondi di denso silenzio: «Anch'io», mi rispose commosso lui, «tanto». Incapace di contraddirlo, finii col restarci insieme per altri sei lunghi mesi, finché non conobbi Franchino.

Franchino

Con Franchino il sesso era da rincretinirsi. Roba da mandare in pappa il cervello. Il nomignolo Franchino era dovuto alla sconvolgente somiglianza con il leggendario personaggio fantozziano con le ascelle pezzate. A tratti ricordava, anche, il truce panettiere Cecco, l'altro personaggio fantozziano, quello che sciabatta fischiettando:

So' diabolico nell'amplesso
Shprupurziunato per quanto riguarda le dimensioni del sesso
E se trovo la donna adatta
Io me la shbatto come una ciabatta.

Io e Franchino ci conoscemmo a bordo di un treno. Io stavo tornando da Venezia, dove ero andata a ritirare un premio letterario precoce, ed ero diretta a Roma, dove avrei trascorso le vacanze estive. Lui stava tornando da Bologna, dove era andato a fare nulla con il suo amico nullafacente. Fu beccato dal controllore senza biglietto. Mi alzai e presi le parti del povero diavolo. Il controllore lo lasciò andare. Essendo nullatenente, Franchino si sdebitò con me scribacchiando il suo numero di telefono su un invito da discoteca. Diciamo, intanto, che quell'individuo non incarnava il mio ideale di principe azzurro. Unto, smilzo, con un fatiscente segno della pace che dondolava da un cerchio d'oro che a sua volta dondolava dal pendulo lobo, egli rappresentava bene l'*underclass* con aspirazioni trendy di cui parla Tommaso Labranca nel suo celebre saggio. Purtuttavia la sottoscritta riuscì a trovare in quello schietto *ahò, se sentimo* un che di cavalleresco, o se non altro di virilmente promettente.

Chiamai Franchino un paio di giorni dopo. Prendemmo accordi per andare al concerto di vattelappesca all'ex-Snia, famigerato centro sociale sulla Prenestina. Il mio debutto nella società franchinista fu curioso. Scesi di casa con una maglia collo scollo a barca acquistata in un outlet di Milano, che ben si assestava sui miei nuovi jeans Max & Co. Il vero tocco di classe era dato da un paio di mocassini finto-modello-maschile, leggermente bombati sul davanti, in perfetto stile terziario avanzato.

Trovai Franchino davanti al portone: mi aspettava a bordo di una Ritmo bianca, con motore acceso. La sua silhouette con la sigaretta penzoloni sussultava dietro i vetri tremanti. Quando salii a bordo lui incenerì con lo sguardo tutti i miei capi di vestiario e non mi abbracciò, perché *aveva paura di ciancicarmi*. Un modo come un altro per farmi capire che il mio stile era decisamente inadatto alla serata. Una volta arrivati al centro sociale, cercai di riguadagnare punti bevendo come una spugna la birra calda e terribile del posto e pogando come un'ossessa sotto il palco, dove una mandria di bufali ridusse in cenere i miei mocassini lucenti. Dopo il concerto, andammo sul retro dell'edificio e ci sedemmo a terra, e questo fu l'atto da vera proletaria che mi fece definitivamente superare l'audizione, e infatti fu lì che fui baciata.

Il giorno seguente, Franchino decise di portarmi a casa sua. Per «casa» si intende un lungo corridoio suddiviso in camere contigue e comunicanti, al pianterreno, in mezzo alla campagna. Entrando, si accedeva direttamente alla camera da letto del papà di Franchino, che viveva lì con una specie di concubina tunisina, bassa, grassa, analfabeta, perennemente sorridente, non so se deficiente di suo o semplicemente vittima di una massiccia dose di allucinogeni da cui non si era mai più ripresa. Il padre di Franchino, invece, era un ometto viscido e gentile, una palla di burro in pantaloni, che non si curava troppo della presenza altrui e si mostrava intento a gestire loschi affari, ai miei occhi palesemente poco redditizi. Si passava così alla seconda stanza, la cucina. Essa profondeva quell'odore tipico delle cucine delle zie, indefinibile e nauseabondo, tipo polpette al sugo fredde. Era arredata con un tavolo rotondo sul quale c'erano un centrino e le briciole. Passato il girone dantesco della cucina si accedeva finalmente a una cameretta, che però non era di Franchino, bensì di suo fratello maggiore, da me soprannominato il Perverso Schizoide. Nella camera del Perverso Schizoide c'erano quattro tipi di situazioni possibili, ovvero:

1. Il Perverso Schizoide si stava facendo una sega guardando il muro.
2. Il Perverso Schizoide si stava facendo una sega guardando un porno.
3. Il Perverso Schizoide si stava guardando un porno con la sua amante.
4. Il Perverso Schizoide dormiva.

Quest'ultimo setting prevedeva la variabile Nicolina. Nicolina, segnata alla nascita da questo nome foriero di sfiga e perdenza, era una ragazzina più piccola di me, magra, occhialuta, con camicie dagli ampi colletti merlettati, che vestiva i panni di fidanzata ufficiale del Perverso Schizoide. Non so perché, ma la si vedeva in giro solo nelle ore del mattino, quando il Perverso Schizoide dormiva: lei, in quei casi, sedeva composta al suo capezzale, di punto vestita, nella penombra, con le mani in grembo, in attesa che il pazzo si svegliasse. Poi, all'ora di pranzo, puntualmente svaniva nel nulla. L'amante del Pazzo Schizoide, che si vedeva in giro solo la sera, era invece una grassona americana di età indefinibile, vestita con orrende canotte che ne mettevano in evidenza i massicci seni. Parlava in italiano. L'unica volta che la sentii parlare in inglese fu quando mi sgridò: *it's so rude of you to ask me my age*.

E finalmente si arrivava alla stanza di Franchino, dopo la quale c'era soltanto l'angusto bagno, da me ribattezzato l'Angusto Bagno. Essa constava di un armadio straripante, una libreria contenente un intonso *Capitale* di Marx più altri polverosi volumi verosimilmente mai aperti, una scrivania sovraffollata di paccottiglia varia, un letto disfatto, uno stereone da spiaggia sul pavimento. Dopo la prima notte di sesso, decisi che non l'avremmo più fatto lì, per due motivi: il primo è che chiunque avesse da andare all'Angusto Bagno doveva passare attraverso la stanza di Franchino, quindi la nostra porta non era mai chiusa; il secondo è che la mattina seguente alla mia prima copula aprii la porta e trovai il Pazzo Schizoide che, con un cazzo duro che quasi gli bucava i pantaloni del pigiama, mugolava i versi del mio orgasmo, evidentemente origliati attraverso la parete.

A completare l'onesto quadretto c'erano quattro cani pulciosi nel cortile e un capannello degli attrezzi a cinque metri dalla casa, nel quale capannello viveva – pensa un po'? – la mamma di Franchino, che passava la sua vita dormendo il migliore dei sonni, e ogni tanto usciva, sbadigliando, per dare da mangiare ai cani, che il Perverso Schizoide aveva chiamato Patata1, Patata2, Patata3 e Patata4.

Franchino, d'altra parte, alternava al clima metafisico del suo ambiente domestico un impegno assolutamente fisico, fibroso, sudato contro la globalizzazione. Per qualche assurdo motivo pensava di sconfiggere i capitalisti, e per qualche motivo ancora più assurdo pensava che la mia presenza al suo fianco sarebbe stata determinante. Per questa ragione venivo trascinata a tutte le marce-per: per la pace, per i lavoratori, per il partito operaio, durante le quali Franchino sfoderava dalla tasca il suo martelletto e fracassava le vetrine del Mc Donald's, dove incidentalmente lavorava dal lunedì al sabato. Il bello è che non parlavamo mai di politica. Le nostre conversazioni erano riempite dalle sue sgrammaticate autoincensa... zioni? ...menti? Vabbè, de lui che se autocerebrava, e io lo stavo a sentire, oppure ascoltavo pazientemente *Bandiera Rossa* alla chitarra, chitarra che non sapeva suonare.

La nostra relazione terminò quando Franchino andò in Australia a fare lo chef, lui diceva. In realtà, il lavapiatti. Le ultime sue notizie risalgono a molti anni fa. La cartolina diceva: «Quì e da paura», a seguire nove o dieci punti esclamativi.

Federico_76

Ho cominciato a sentir parlare di Internet intorno al 1995. Con l'avvento della Rete sparì improvvisamente dalla mia vista ogni residuato delle cose fatte a mano, tipo la manovella d'acciaio per fare le tagliatelle in casa, le macchine fotografiche con il coso che bisognava girare, i francobolli che si dovevano inumidire con la lingua. Puff. Da un giorno all'altro fui travolta da un nuovo stato mentale, l'ondata della tecnologia. Vù vù vù cominciò a stare sulla bocca di cani e porci. Il telefonino (fino ad allora maneggiato devotamente come un vaso Ming) fu sdoganato e divenne quella cosetta da dare ai bambini piagnucolanti nel passeggino. La mia panettaia cambiò l'insegna in panett@ia. Per rimorchiare al bar, anziché chiedere di che segno sei, ora si chiedeva hai un'e-mail. Nel 1995, insomma, il mondo si accingeva a diventare la merda che è attualmente.

In tutto questo, se ci fate caso, ci fu un armistizio nella battaglia tra l'«Espresso» e «Panorama» a chi metteva in copertina la mignotta con le pocce più grosse, che si convertì astutamente nella battaglia a chi metteva più foto di telefonini. Un riposizionamento marketing che sarà costato migliaia di riunioni. Poccia o telefonino? Fate questa domanda al maschio medio e gli manderete il cervello in fumo. Vedrete che il sistema operativo del maschio, overclockato da troppo lavorio, andrà in bomba e il maschio si spegnerà come un robot. Bzzz.

La tecnologia sbarcò in casa mia con un po' di ritardo, nel 1998, quando l'Ipercoop di Foggia diede via una carrettata di Pc a prezzi politici: quello fu l'anno in cui chiunque avesse uno stipendio superiore alle cinquecentomilalire mensili si mise in salotto l'orrendo mostro ronzante. Molti di questi computer giacquero inutilizzati, perché il foggiano tipo, dopo essere andato sul sito della pomidori pilati trovato sulla lattina, aveva esaurito tutte le idee sull'utilizzo della Rete. Per fortuna a valorizzare il mezzo, dall'altro lato, c'era una generazione di giovani sgarzulli a cui non pareva vero di poter scaricare i testi dei Pearl Jam. Ad affondare i primi passi sulla neve vergine di Google sono stati loro. Cioè siamo stati noi.

Nel 1998 cominciai adunque a passare intere nottate ascoltando musica e scaricando le lettere di suicidio degli artisti più in voga. Poi, una sera, per caso, navigando navigando, scoprii la chat.

Nella chat in cui inciampai non era necessario registrarti né niente, semplicemente bastava digitare il tuo nick, che poteva cambiare anche più volte al giorno, e infilarti nelle stanze. Il nick che scelsi io, giusto perché nessuno si mettesse strani grilli nella testa, era Kamala, la puttana di Siddharta. Il primo di una lunga serie di cerebrolesi virtuali in cui incappai si chiamava James, e chattava dal Canada. Passai un'intera notte a chiacchierare con lui: non avevamo nulla in comune, ma essendo la mia prima chattata, lo immaginai bellissimo e intelligentissimo e me ne innamorai perdutamente. Alla successiva chattata avemmo un diverbio, e James lasciò la chat dicendomi addio per sempre. Caddi in una depressione profonda e passai le successive venti notti ad aspettare che si riloggasse. Siccome questo non succedeva, fui colta dal legittimo sospetto che James stesse, eccome, continuando a parlare con me, ma sotto falso nome. In questa nuova ottica, tutte le persone con cui avevo a che fare in chat erano potenziali James, o che ne sai, amici di James che gli reggevano il gioco. Oppure James stesso che si loggava contemporaneamente da due computer diversi. La mia missione divenne dunque scoprire dove si nascondesse James e, una volta trovatolo, farlo innamorare di me e convincerlo a venire a casa mia in Italia.

In quel periodo venivano fatti i primi studi sulla *chat-addiction*, i giornali pullulavano di schemini e specchietti che illustravano i più frequenti sintomi di questa nuova malattia. Io ce li avevo tutti. Se Costanzo avesse saputo della mia esistenza si sarebbe tagliato un braccio per avermi in trasmissione. Come tutti i *chat-addicted*, passavo la maggior parte della mia giornata a parlare con persone che non esistevano. Guarda, questa è la mia scuola. Vuoi un bicchiere di vino? Oh, certo, entra pure. Lui è il mio gatto, non graffia, puoi accarezzarlo. Di solito è un'attività che ogni bambino sano di mente abbandona intorno ai quattro anni.

Il destino beffardo volle che proprio al *floruit* della mia psicosi internettiana mia madre andasse per lavoro negli Stati Uniti, lasciandomi sola in casa per tre mesi. A quel punto potei articolare liberamente le mie giornate, che cominciarono a ripetersi paurosamente uguali.

19:00 – sveglia
20:00 – entra in chat
10:00 – esci dalla chat

Per tre mesi non vidi la luce del sole. Alle dieci del mattino mi sloggavo e mi facevo una chiorba di sonno fino alla successiva manche di «spot the James», secondo il tipico schema-loop (iterazione circolare).

Mia madre mi aveva lasciato un budget di un milioncino abbondante per campare, tre quarti del quale fu bruciato nella prima settimana per acquistare un ciclo di massaggi e fanghi al beauty center (che mi costringeva a orrende levatacce alle cinque). Non avendo più soldi per comprarmi da mangiare, finiti i massaggi presi un centinaio di scatolette Riomare Light e mi affrancai per sempre dalla schiavitù della spesa, risolvendo il fastidioso problema di dover uscire di casa.

Dopo un mese e mezzo di indefessa caccia a James, mi persuasi che il mio amato bene si nascondesse sotto le false spoglie di tale Steve, che digitava da Londra. Avevo molti motivi che mi facevano credere che fosse lui: tanto per cominciare il nome Steve mi suonava terribilmente di bufala, tipo signor Brambilla. In secondo luogo quando chiesi a Steve in che parte di Londra abitasse, rispose Wimbledon, e sapevo che James era un patito di tennis. Poi quando serravo Steve per sapere se lui era James, Steve rispondeva: «Ma di cosa stai parlando?», in maniera a mio parere evasiva. Proposi a Steve di incontrarci a Londra, e Steve disse di sì. Wow! Ok. Deciso. Si va a Londra. Ovviamente non presi in considerazione la possibilità che la persona che stavo per incontrare non fosse James, ma solo un amico fantoccio mandato da James, o che Steve non avesse nulla a che fare con James. In ogni caso, sarebbe stato un problema di nessuna rilevanza.

Andare a Londra aveva un'unica falla: significava non poter più chattare per almeno una settimana.

Anziché andare a fare subito il biglietto, nicchiai, presi tempo. Intanto per caso conobbi in chat un ragazzo italiano, Federico_76. E, che coincidenza, anche lui voleva andare a Londra. Perfetto. Ci andiamo insieme? Affare fatto. Ci scambiammo i numeri quella stessa sera e dopo cinque minuti lui mi chiamò per prendere accordi.

Passammo sette ore al telefono, a parlottare del più e del meno.

E anche il giorno dopo.

E anche il giorno dopo.

Dopo una settimana di chiacchierate notturne lui, stando alle sue dichiarazioni, si era innamorato di me. Io trovai la cosa divertente e gli dissi di venire a stare a casa mia, che tanto era vuota. Saremmo stati tre settimane a Foggia e poi da lì saremmo partiti per Londra, questo era il mio estemporaneo progetto. Certo, certo! Tizio mai visto. Neanche in foto. Poteva essere un nano di cinquanta centimetri, o avere un gremlin al posto della mano.

Quando lo andai a prendere alla stazione di Foggia constatai con sollievo che fisicamente non era malaccissimo, a parte un po' di pelata in testa. Bel corpo. Faccia umph. Comunque simpatico. E pare fosse realmente innamorato di me, tanto che passò le successive due settimane in assoluta adorazione: mi baciava le mani, mi faceva la spesa, mi cucinava, mi portava fuori a cena, mi innaffiava le piante. Questo mi diede la possibilità di fare l'isterica rompicazzo come avevo sempre sognato: sciabattavo per casa dando ordini a destra e a manca, lo buttavo giù dal letto per farmi portare al mare, indicavo come il dito di Dio oggetti nelle vetrine e lui entrava nel negozio e me li acquistava. Nel resto del tempo continuavo a dedicarmi alla ricerca cibernetica del vello canadese:

appena potevo, abbandonavo il mio ospite e mi andavo a fare un'insalata di cazzi miei al computer, mentre il mio valvassino restava mogio sul divano e mi guardava ticchettare indemoniata sulla tastiera. Fu questo placido *lassez faire* a farmi sospettare che fosse autistico. Di quel periodo mi è rimasta un'immagine, marchiata a fuoco nel cervello: io che scongelo a martellate un bicchierino di Vov mentre lui, triste, silenzioso, denutrito, seduto per terra sullo sporco balcone di casa mia, si appoggia sull'occhio un pezzo di pellicola di negativo per cercare l'eclissi di sole.

Tra l'altro, avevamo un problema sessuale. Lui era vergine. Io non avevo nulla in contrario a fare sesso con lui. Apprezzavo il suo sforzo di creare l'atmosfera giusta con i cd e di sistemare i cuscini sul letto, dargliela mi sembrava veramente il minimo, povero figlio. Se non che, provammo una, due, tre volte, ma non gli si rizzava. Gli dissi che non era un problema, ma lui non sentiva ragioni, s'impuntava, falliva, si rannicchiava sconsolato, poi riprovava, rifalliva, si estraniava. Per risollevargli l'umore mi inventai un gioco: una mattina aprii tutti i preservativi insieme e allestii un'artiglieria di razzi missile caricati con lo scotch sulla ringhiera del letto. Quando lui entrò in camera glieli schiantai tutti in faccia, pweeum, pweeum. Mi sembrava un ottimo modo per sdrammatizzare la cosa. Lui si depresse.

Dopo quindici giorni di convivenza compresi di aver fatto dei gravi errori di calcolo. Tre settimane erano decisamente troppe. Bravo ragazzo, per carità, ma era arrivato il momento di levarselo di torno. Lo presi sottobraccio e cercai di spiegargli che avevo bisogno di stare un po' da sola, you know. Magari ci si becca a Londra, che ne so. Lui mi spiegò che non aveva più neanche un soldo per andare a Londra, dal momento che aveva eroso il suo intero capitale per comprare tutte le graziose borsette che tenevo nell'armadio. Io invece non avevo speso una lira, guarda un po', e mi erano rimasti giusti giusti i soldi per il biglietto, e a trovarmi un alloggio a Londra per zero lire ci avrebbe pensato il mio nuovo amico di chat. Ma questo è un altro capitolo.

Pappetta di pollo

Due anni prima, dopo un inverno di sfiancante dialettica, finalmente avevo convinto mia madre sulla giustezza di essere mandata in vacanza studio in Inghilterra come tutte le persone normali. Nel farlo avevo tralasciato un dettaglio fondamentale, cioè che noi eravamo pezzenti, quindi il massimo che sarei riuscita a estorcerle, nel migliore dei casi, sarebbe stato una vacanza studio per pezzenti. Difatti.

Quando scesi dal pulmino, gli altri disperati furono raccattati dalle famiglie, mentre io restai a cincischiare nel parcheggio. Dopo un paio d'ore apparve un moccioso smunto e tristacchiotto che mi condusse a casa.

Calpestando i ciuffi scollati di una moquette che un tempo doveva essere stata rosa, mi addentrai nel loculo e feci la conoscenza della signora Whewell. La signora Whewell era divorziata e viveva con un grasso camionista, probabilmente suo fratello, a giudicare dalla premura con cui gli toglieva la bottiglia dalle mani e lo rimetteva in posizione eretta. Poi c'era la nonna Whewell, un mostro. Infine c'erano i due bambini tristi, il più piccolo dei quali era seduto senza mutande sulla moquette. Ci guardammo in faccia per qualche minuto, abbozzando sorrisi poco convinti. Per rompere il ghiaccio chiesi se potevo fare una doccia, al che il cigolante ingranaggio familiare si mise in moto per procacciarmi asciugamano e saponetta.

Avete presente i ragni dei cartoni animati? Con il corpo delle dimensioni di una palla da tennis e le zampe ripiegate e pelose? Il ragno dei cartoni animati, lui, l'archetipo, uscì dal buco della vasca mentre mi stavo insaponando. Lanciai un urlo disumano. La signora Whewell accorse, diede un'occhiata nella vasca, tornò tranquilla in soggiorno e poi rientrò fischiettando con una scopa in spalla. Afferrando l'asta della scopa a due mani ridusse il ragno in poltiglia, zam, zam. Gli avanzi di ragno scolarono nel buco, mentre io strabuzzavo gli occhi con una mano sulla passera. Ah ah, ragliò lei. Sulla soglia si affacciarono gli altri quattro, allarmati. La donna si rimise in spalla l'attrezzo e andò incontro al parentame, bofonchiando qualcosa nell'idioma locale. Ah ah, ragliarono gli altri in coro, dopodiché si dispersero.

Questa era stata la mia prima, e uno direbbe ultima, esperienza in Inghilterra. Non paga, non doma, tre anni dopo decisi di bissare. Questa volta però feci le cose ancora più perbenino.

Correva l'anno 1999, Federico_76 era già un ricordo, e io avevo deciso di andare a Londra dal mio grande amore, James. Avevo diciotto anni, vasti orizzonti, speranze rade e romanticismo a mille. Il 1999 era anche l'anno in cui parte della mia razionalità aveva deciso di traslocare nella terra dei Puffi, quindi l'amore in questione – questo James – era un essere fittizio, un amico immaginario, una sega personale. Verosimilmente abitava in Canada, ma andare in Canada era troppo faticoso, dunque decisi di andare a cercarlo a Londra, con grande lucidità.

All'aeroporto di Londra c'era ad aspettarmi il nipote della vecchia che mi avrebbe affittato la stanza. Era sovrappeso e aveva la carnagione color pollo crudo. I lineamenti mezzo europei e mezzo asiatici gli davano un'aria da gatto, di quelli col muso schiacciato che devono aver preso una tranvata contro la gamba del tavolo nella vita passata. Io, invece, ero molto freak: portavo capelli a mazzetti, una frusciante gonna di raso viola sotto il malleolo, campanelli, sbavature di kajal intorno agli occhi e ogni sorta di chincaglieria, che mi si attaccava addosso con potere magnetico. Freak era la definizione che davo io, mia madre diceva che sembravo una vedova indiana che si era appena data fuoco. Comunque sia, in quella orrenda Ford scappottata anni Settanta, io e Pappetta di pollo facevamo francamente una bella coppia.

Ci fermammo a tazzare qualche pinta al pub, tanto per gradire. Chiacchiere, chiacchiere, chiacchiere. Simpatico. Verso la quinta pinta di sidro cominciava lentamente a somigliare a Billy Corgan. A fine serata mi accompagnò su a casa e, travolti da un insolito destino nel raso viola, mandammo la palla in buca. Per tutta la settimana che restai a Londra cominciammo a fare coppia fissa, con buona pace del vecchio James, già scordato, già rimpiazzato, già passé. Eravamo piuttosto melensi, passeggiate mano nella mano, telefonatine del buongiorno, picci picci e frù frù. Il decimo giorno mi riaccompagnò in aeroporto: «Ti amo». «Ti amo anch'io». Bacio. Lo schermo va a nero.

Il mese dopo era in Italia. Il mese dopo io ero di nuovo a Londra. Il mese dopo lui era di nuovo in Italia. Il mese dopo, attenzione, facemmo le vacanze di Natale a casa di mia suocera.

Entrando nel soggiorno c'era un enorme Buddha, nella sua tipica posa. Avvicinandomi notai che era vivo e stava guardando la televisione.

Lei è mia madre, disse Pappetta.

Feci una specie di inchino con la testa. Mi veniva da giungere le mani, ma magari avrebbe pensato che la stessi prendendo per il culo. Sorrisi cordialmente.

Il Buddha ruotò la testa e mi ringhiò addosso degli ideogrammi. Io restai congelata nella mia posa sorridente. A questo punto Pappetta cominciò una tiritera in thailandese gesticolando verso di me. La matrona pure gesticolava verso di me. Stavano tutti gesticolando verso di me. Dopo che ebbero finito di squittire in farfallino, con grande sollievo lasciammo la signora a fare il loto davanti alla ruota della fortuna e iniziammo il tour della casa.

Tanto per cominciare, quel posto era appestato da un odore strano. Mentre salivamo una dubbia e precaria scaletta a chiocciola, un manipolo di venti gatti ruzzolò lungo la rampa in senso contrario, e allora individuai precisamente di che odore si trattava: piscio di gatti, gatti morti, morte di gatti pisciati, gatti morti bagnati, e tutte le possibili combinazioni tra il piscio, il gatto e la morte. La prima stanza che visitai fu quella della bisnonna: la vecchia era coricata nel letto e non poteva muoversi. Era lì da sempre, e sempre ci sarebbe stata, non si alzava né moriva, era né più né meno che una parte della casa, era semplicemente la stanza della bisnonna. Poi fu la volta della stanza di Pappetta, non meno inquietante. Entrando mi si pararono davanti duecento, o giù di lì, poster di Phil Collins. Guardai il mio ragazzo corrucciata: in quella camera ci trovavo qualcosa di vagamente persecutorio. Seduto, per terra, sul letto, a pancia in su, a pancia in giù, dietro la porta, rannicchiato nell'armadio, afflosciato alla finestra, dove ti mettevi ti mettevi venivi colto da un primo piano di Phil Collins birbantone che ti sorrideva. Uscii perplessa. Andammo a visitare le altre stanze, scalciando carabattole sul pavimento: «E questo è il bagno», «E questa è la camera di mia madre», «E questa è la stanza di mia sorella». Ogni volta che aprivamo una porta ne usciva fuori una mezza dozzina di gatti malaticci in fila, emersi dalla polvere con passo dinoccolato. Poi fu la volta del salotto, dove feci la conoscenza delle tre sorellastre di Pappetta. Le ragazze stavano sul divano a succhiare un gomitolo di soia marrone da una vaschetta di alluminio. Erano sprofondate in mezzo a ritratti di Sai Baba, statuine di porcellana, cartoline impolverate, souvenir di Tenerife e altarini per gli antenati. Con un sorriso il più possibile disinvolto mi dileguai.

Arrivammo in cucina, dove l'odore di gatto si fece travolgente. Le solette delle mie scarpe schioccavano sul pavimento incrostato. Una pentola ricoperta di grumi era abbandonata sui fornelli, accanto a un bollitore contenente una stalagmite di chicchi di riso. Agitando il liquido marrone dentro la pentola, Pappetta mi chiese se volevo delle *pork omelettes*. Non sapevo cosa fossero le «omelette di porco» ma l'unica risposta sensata era no. Cercai di guadare il fiume di croccantini e approdare all'unico posto per sedersi, cioè uno sgabello rivestito con un tappetino da bagno, quando il mio occhio cadde sul giardino, the backyard. Pensando alla parola *backyard* di solito ti viene in mente quel posto dove Sinead O'Connor favoleggia di piantare fiori. Un *locus amoenus*, un piccolo angolo di pace baciato dal sole, lontano dalla pazza folla, dove cascano frutti e ci si può riposare mollemente sulle sedie a sdraio. Quello, invece, era un ring di lotta libera darwiniana. Scarafaggi, locuste, erbe giganti, gatti antropomorfi. E un mare di ciarpame di ogni tipo, da bidoni di benzina arrugginiti a ombrelloni diroccati.

Pioveva.

La notte di Natale fu praticamente la notte di Sleepy Hollow. Una sorellastra portò in tavola una gelatina tremante di cui gli indigeni si nutrirono ghiottamente. Dopo lo scambio dei regali sgattaiolai fuori di casa per gettarmi al collo del ragazzo del fish & chips: «Ti prego, aiutami», lo implorai.

Le relazioni intime col mio amato erano difficili, e causarono, alla lunga, la fine della nostra relazione. Il primo problema era costituito dal fatto che suo padre fosse irlandese cattolico mentre sua madre fosse thailandese buddhista, per cui il sesso era paludato da sensi di colpa vaticani e idiosincrasie buddhiste, tipo per i piedi. In secondo luogo, Pappetta era un pervertito, cosa che mi fu confermata quando venni a sapere che le mille e passa videocassette impilate in camera sua erano film porno: mai l'avrei detto, costituendo esse cassette una tale montagna da porle al di sopra di ogni sospetto. In terzo luogo, fare sesso con il beneplacito di centinaia di Phil Collins ghignanti non rientra tra le mie prime cento perversioni. Per il quarto punto, quello dei dettagli più sconci, vi rimando al capitolo *Gita al fallo*, precisamente al paragrafo sul *pisillus humilis*.

Fuggi da Foggia

Dopo quasi un anno di storia col pollastro, mi resi conto che il punto non era (e non lo era mai stato) trovare l'amore, era, più che altro, trovare una buona scusa per fuggire da Foggia a frequenze mensili. Questa insofferenza verso la città che mi aveva dato i natali, oltre a cagionare l'assurdo pendolarismo Foggia-Londra, aveva cagionato una vasta serie di insofferenze tra gli zero e i diciannove anni, età in cui sono riuscita finalmente a trasferirmi.

Io sono di Foggia. Queste quattro paroline banalotte riassumono tutto il sugo della mia vita. Chi non è nato a Foggia non può capire cosa significhi essere di Foggia: Foggia ha delle peculiarità assolute rispetto alle altre città italiane. La prima è che, quando dici che sei di Foggia, la gente ti chiede subito: «Ma Foggia Foggia?». Non succede con nessun'altra provincia. Nessuno dice: «Trieste Trieste?» o «Frosinone Frosinone?». Questa prassi di chiedere «Ma Foggia Foggia?» è dovuta al fatto che chi viene dalla provincia foggiana si spaccia arbitrariamente per foggiano foggiano. «Foggia» infatti suona (comunque) meglio di «Celenza Valfortore», «Carpino», «Rocchetta Sant'Antonio». Nei dintorni di Foggia si concentra, tra l'altro, il maggior numero di santi inutili. Quando c'è un santo così sfigato da non trovare posto sul calendario, di solito gli intestano una bella cittadina nella nostra zona: ecco così nascere San Ferdinando, San Nicandro Garganico, San Severo, San Paolo di Civitate, Sant'Agata di Puglia, San Marco la Catola, San Giovanni Rotondo, San Marco in Lamis, San Menaio Garganico. Celle di San Vito poi è fantastico: conta centottantacinque abitanti, non uno di più, non uno di meno (d'altra parte, se nasci in un posto chiamato Celle, non puoi certo aspettarti di vedere gente). Siccome – su centottantacinque persone – cento saranno anziani, cinquanta saranno donne, e dei trentacinque uomini rimasti venti saranno sposati, dieci saranno minorenni e cinque saranno gay, se vuoi fare l'amore ti tocca andare per forza nel paese limitrofo.

È successo anche ai miei nonni, infatti mia nonna era di Roseto Valfortore e mio nonno di Alberona: si sono conosciuti a bordo di un cocchio in una delle loro fughe verso i paesi più popolosi (Biccari, Castelluccio Valmaggiore, tiè). La quantità di cose da fare in un posto come Roseto Valfortore è quantificabile solo con i numeri negativi. Da piccola trascorsi alcuni giorni a Roseto per il campeggio invernale, dove i capi scout ci mandarono in giro a fare un'intervista a tema «Il mondo dei giovani» – che praticamente equivale ad andare nella piatta campagna russa a fare un sondaggio su non so, le barche a vela. Fermai un signore per strada e gli chiesi: «Cosa fanno i giovani a Roseto?». Mi rispose: «Che vù che fann, magnen e vevn» ('cosa vuoi che facciano, mangiano e bevono'). «Fuggi da Roseto Valfortore, non per Roseto Valfortore ma per i rosetani valfortorani» sarebbe forse un proverbio un po' lungo, ma sicuramente più giusto e meritato del trito «Fuggi da Foggia».

Ad ogni buon conto, io sono nata a Foggia centro, quindi me la posso sentire un po' più calda rispetto a cerignolani, lucerini, castelfranchini, orsaresi: se permettete, li guardo dall'alto verso il basso.

Borgo Croci

Un capitolo a parte è il quartiere Borgo Croci, la nostra modesta riserva indiana. Qualche decennio fa, un'équipe di antropologi venne a Borgo Croci a studiare gli indigeni perché rappresentavano un caso raro: una tribù di cacciatori-raccoglitori nel bel mezzo di una città moderna (per modo di dire). Mentre, nel corso dei secoli, gli altri abitanti di Foggia si sono civilizzati, ingioiellati, impellicciati, hanno fatto la motorizzazione di massa e si sono dedicati alle gioie delle lampade abbronzanti, i crocesi sembrano rimasti imprigionati nella sigla d'apertura di *Jonathan Dimensione Avventura*. Vanno in giro a raccogliere erbe selvatiche, stoppie di grano bruciato (con cui si fa la celebre «pasta di grano arso», dal sapore delicatamente affumicato), *ciammaruchelle* (lumachine) e *lampascioni* (strani vegetali rotondi e croccanti che crescono dalle nostre parti. L'etimologia del lemma pare derivi da «lampi e tuoni», in riferimento ai gas intestinali susseguenti l'ingestione). Essi crocesi vivono al pianterreno di case semidiroccate, poco abitate perché la maggior parte di loro fa vita «di confine»: cioè mette la sedia sulla soglia di casa e trascorre le sue giornate all'addiaccio, ma comodamente seduto.

A conferma del proverbio «Fuggi da Foggia», è risaputo che le grandi menti foggiane (Renzo Arbore, Raf, e ora anche Pulsatilla) vivono felicemente altrove.

Cartografia

Foggia, un tempo, era un paesino assai grazioso ove scorreva latte e miele. Si dice che la parola *Foggia* derivi da *fovea*, in latino *fossa*. Secondo l'esegesi tradizionale, il lemma allude alle fosse entro le quali si conservava il grano. La mia personale teoria invece è che, sin dagli albori, Foggia fosse una specie di cimitero mentale, di fossa biologica. In ogni caso, prima del secondo conflitto mondiale, era se non altro un paese dignitoso che viveva di agricoltura e poteva vantare un centro storico non certo da sballo, ma per lo meno decente. Un bel giorno però i cacciabombardieri americani decidono d'amblé di fare un giro dalle nostre parti e sganciarci qualche bomba in testa. Alcuni sostengono che Foggia sia stata rasa al suolo per sbaglio: secondo me, invece, nulla è stato lasciato al caso. Ad ogni modo, a partire dagli anni Cinquanta, la città è stata completamente ricostruita, in parte secondo i dettami di un'estetica edilizia raccapricciante, in parte secondo le esigenze cogenti degli abusi edilizi. Le sparute case sopravvissute alle bombe non sono mai state ristrutturate, quindi sopravvivono bigie e cascanti come zombie nel centro storico (durante un Giro d'Italia, un commentatore ebbe la franchezza di dire: «Mai vista una città così brutta», cosa che era già stata detta, con grande onestà intellettuale, anche da Alberto Moravia). Il pezzo forte dell'urbanistica resta comunque Piazza Italia, la piazza principale, in mezzo alla quale troneggiano due giganteschi fasci littori. Capita, direte: tutte le città italiane sono cadute, chi più chi meno, in preda al fascismo. Quello che rende unici i fasci foggiani è che questi sono stati eretti nel 1998.

Politica

In realtà Foggia non è una città fascista, benché molti cittadini si professino tali e benché alcuni sindaci abbiano dato chiari indizi in questa direzione, come, appunto, le due strutture erette in Piazza Italia (i pali per impiccare i comunisti, li chiamo io). Il fascismo richiederebbe una fede precisa, un'ideologia quadrata, ma la cosa più quadrata che puoi trovare a Foggia è il parcheggio del centro commerciale La Mongolfiera. Foggia è una città forzista, semmai. Il notaio, il commercialista e il pescivendolo votano lo stesso partito perché condividono lo stesso amore per i gommoni, per le macchine, per le villette al mare, per le battutacce di cattivo gusto il cui compendio perfetto è un nano malefico che fa le corna e indossa la bandana. Con la discesa in campo di Berlusconi, il cittadino foggiano, dopo mezzo secolo di compromessi con la Chiesa, è finalmente potuto uscire allo scoperto e professare apertamente ciò in cui crede: un cazzo. La domenica mattina si vedono girare delle macchine spaziali e si sentono rombare motociclette di gran classe, si fa fatica ad arrivare a fine mese ma ci si indebita per comprare la pelliccia, l'auto, la moto con cui fare il giro del palazzo (o *lo struscio* in centro) una volta alla settimana.

L'altra peculiarità di Foggia è di essere in mano alla criminalità, che è entrata a far parte della vita dei cittadini con una naturalezza direi sconvolgente. L'80% dei negozi del centro riceve visitine sistematiche, di una noia quasi routinaria: si beve il caffè, si paga la tangente e si mandano i saluti a moglie e bambini. Non a caso ogni volta che Foggia compare nelle cronache, è sempre in relazione a sparatorie o reati di qualche tipo. Resta storico lo zio di una mia conoscente, che una volta sgrullò le briciole della tovaglia giù dal balcone e fu seccato a colpi di pistola dall'inquilino di sotto. Ma sono soprattutto i piccoli crimini di tutti i giorni ad essere fastidiosi. Tu parcheggi la bicicletta, ti affacci solo con la testa nell'ufficio postale, torni fuori per legarla, et voilà, David Copperfield, la bicicletta non c'è più. Una volta avevo parcheggiato il motorino sotto casa della mia compagna di classe, ero salita a prendere gli appunti, ero riscesa e il motorino era sparito. Tornai a casa e riferii l'accaduto in famiglia. Mia madre, che all'epoca insegnava in una scuola mediamente malfamata, si attivò subito.

Il giorno dopo tornò con un numero di telefono: «Devi chiamare questo cellulare e dire che sei Valeria, l'amica di Maria, la cugina di Pia». Chi fossero Maria e Pia era un mistero, comunque feci come mi era stato ordinato senza battere ciglio. Rispose una voce bruta all'altro capo del filo: «Ciao, sono Valeria, l'amica di Maria, la cugina di Pia. Sai dov'è il mio motorino?». Il bruto riappese senza dire né a né ba. Il piano era fallito. Dopo due giorni, mamma, da brava riformista, tornò a casa con un nuovo piano: «Maria è riuscita ad avere un appuntamento. Domani alle quattro davanti a scuola. Dobbiamo portare cinquecentomila lire per il riscatto». Wow, un po' come nella *Piovra*. Il giorno dopo io, mia madre e l'alunna incinta di mia madre eravamo all'angolo della strada ad aspettare, ma non arrivò nessun sicario della mafia. Arrivò, al suo posto, un messo di circa tredici anni che spingeva il motorino a mano. Al povero destriero erano stati staccati tutti gli adesivi, e non c'era neanche più la targa. Pagammo, e dopo che il ragazzino si fu allontanato, l'alunna di mia madre si giustificò sconsolata: «Se mio fratello stava qua, non dovevate pagare niente».

È lecito chiedersi dove siano, in tutto questo, le forze dell'ordine. La risposta che mi viene naturale è che si grattino il pietrone dalla mattina alla sera, ma siccome vorrei evitare una denuncia per diffamazione, preferisco dire che non ho una risposta. In effetti, a Foggia ho sempre avuto contatti molto sporadici con la polizia, molto più frequenti, invece, quelli con i vigili urbani. Il più emblematico dei miei incontri avvenne all'isola pedonale: ero con un amico su uno scooter 50, entrambi senza casco. In un dissipato slalom tra i pedoni. Incappammo in tre vigili urbani, non uno, tre. Ebbero, se non altro, il buon gusto di fermarci:

«Libretto di circolazione».
«Ehm... L'ho dimenticato a casa».
«Non si può circolare qui, è isola pedonale».
«Non lo sapevo».
«Non si può andare in due sullo scooter».
«Ah... già».
«Va bene, vada».

E se tanto mi dà tanto.

Lingua

Ho sempre baccagliato da Roma in su, e da Messina in giù: c'è tutta una fascia geografica che mi inibisce l'eros. Il fatto che io, pur essendo foggiana, non sia mai stata con un foggiano non è affatto un caso. Se mi trovassi a letto con uno che mi dice che sono proprio *bbóna*, e che mi ama *tando*, penso che la passera mi si asciugherebbe in un batter d'occhio. La forza del foggiano è tale che persino alcune persone colte fanno fatica a liberarsene. Ad esempio, una delle mie professoresse di italiano non riusciva a pro-

Maledett'a te!

Molti verbi che in italiano reggono l'accusativo, in foggiano reggono il dativo, come in latino.

ITALIANO	LATINO	FOGGIANO
Invidiare qualcuno Es: «A lui ci invidio che è un bell'uomo»	Invideo *alicui*	Invidiare *a* qualcuno
Incontrare qualcuno Es: «Ho incontrato a Rosa in piazzetta»	Occurro *alicui*	Incontrare *a* qualcuno
Convincere qualcuno Es: «Devo prima convincere a mio padre»	Persuadeo *alicui*	Convincere *a* qualcuno
Benedire qualcuno Es: «Don Rocco ha benedetto a tutti quanti»	Benedico *alicui*	Benedire *a* qualcuno
Aiutare qualcuno Es: «Aiuta a tua madre!»	Auxilior *alicui*	Aiutare *a* qualcuno
Maledire qualcuno Es: «Maledett'a te!»	Maledico *alicui*	Maledire *a* qualcuno

Anche alcuni verbi che reggono l'accusativo si costruiscono, in foggiano, col complemento di termine («Senti a me», «Capisci a quello», «Prendi alla bambina», «Voglio a tua moglie», ecc.). Viceversa, molti verbi intransitivi vengono usati con proprietà transitiva («Salire la spesa», «Giocare il bambino», «Vergognarsi la faccia», ecc.). Un metodo abbastanza sicuro per non sbagliare è fare il contrario esatto di quello che si farebbe in italiano.

nunciare la parola *strega*: condizionata dalla dicitura foggiana (s'd'r'g), il massimo di suono italianofono che riusciva a emettere era *sdrega*.

La prima cosa da sapere sulla nostra lingua è che le parole ti arrivano in ordine sparso. Dialogo tipico:

«La maglia, mettitela!».
«Che la maglia mi devo mettere?».
«Quella una cosa sempre ci vuole la sera».

Chiedere-cercare-volere

In foggiano, il verbo *cercare* si usa al posto di *chiedere*, e di conseguenza regge il complemento di termine (cercare a qualcuno = chiedere a qualcuno).

ITALIANO	FOGGIANO
Chiedere a qualcuno Es: «Gli devo cercare una cosa»	Cercare a qualcuno
Cercare qualcuno Es: «Pronto, Maria? Volevo a tua madre»	Volere a qualcuno
Volere qualcuno Es: «Non voglio le altre femmine, voglio solo a te»	Volere a qualcuno

Se riuscite a mettere in costruzione il foggiano, fare la parafrasi di Guido Guinizzelli vi parrà una bazzecola. L'unica cosa che rende incerta la parentela con lo Stilnovo è la ripetuta presenza di questa misteriosa *cosa*, di questo *It,* di cui è bene imparare da subito il potenziale semantico in modo da poter avere spedite conversazioni. Una «cosa» può essere una donna («Ho visto Cosa»), un uomo («Ho visto Coso»), un fatto eclatante («Ho visto cose»), un oggetto («Non trovo il coso»), un cazzo («E che cosa!»), tutto («tuttocoso») e, in generale, quanto può tornarti utile quando esci di casa: un pacchetto di crackers, una maglia, un ombrello. Quando esci, si sa, te la devi sempre portare, una cosa.

Altrettanto polivalente è il «fattapposto». Solo che il «fattapposto» è un oggetto di livello tecnologico superiore, di cui, normalmente, si ignora il funzionamento. Il doccino della vasca, l'accendigas, lo spremiagrumi sono delle *cose* finché non si rompono: allora quelli che fino a ieri erano strumenti pratici e affidabili, delle cose appunto, un giorno ti si ritorcono contro diventando repentinamente dei fattapposti, soprattutto se non hai idea di come si aggiustino («Mi si è rotto il fattapposto della lavatrice»). Ma niente panico: c'è Coso, tuo marito, che bene o male s'intende di fattapposti.

Faremo ora un glossario delle parole fondamentali, quelle indispensabili per orientarvi nella palude della Capitanata. Attenzione però: il foggiano quasi non ha vocali. Soprattutto chi parla in dialetto si esprime, praticamente, per sole consonanti. Ogni tanto c'è una vocale, ma quasi mai si tratta di a, e, i, o, u. Il suono vocalico più frequente è un misto tra ah, eh e oh, che fa più o meno *aeoh*, ed è grossomodo il corrispondente di quel suono che in inglese viene indicato con una *e* rovesciata, «ə», però un po' più stretto.

Aeoh. Pronuncia: ə. È un fulgido esempio di quella che in italiano si chiama funzione fàtica, atta, cioè, a mantenere il contatto fra locutore e destinatario. Significa: cazzo fai?/cazzo vai?/cazzo vuoi?, ma soprattutto *stattattìnt* («Statti attento»). Esempio: uno vi pesta un piede, e voi rispondete: «ə».

A t'l e q'l. Pronuncia: aətələqəl. La fotografia (letteralmente: 'la tale e quale'). M'immagino una scena da vecchio West: il fotografo, in aperta campagna, si incappuccia sotto la macchina del dagherrotipo e, con un flash accecante – uno scoppio rumoroso che impuzzonisce tutti di zolfo – immortala la famigliola di zappatori. I contadini, ricevendo con gratitudine l'immagine di se stessi, si guardano tra di loro e commentano: *matò, ei t'l e q'l*! («Mamma mia, è proprio uguale!»).

Buc 'n c'p. Si pronuncia bùk-ən-gh'ə-p. Letteralmente: 'buco in testa'. Se a Milano si tira il *pacco* (altrove si chiama *bidone*), a Foggia è *fare il buco in testa*. È una fregatura, ma più frequentemente un mancato appuntamento. Trattasi di un'espressione idiomatica totalmente visionaria, la adoro. Ma raramente la uso fuori città, in quanto mi fa perdere troppo tempo in spiegazioni.

Cercà all'aquarul se l'acqua ei fresc. Chiedere all'acquaiolo se l'acqua è fresca. Questo modo di dire sottolinea l'ingenuità delle signore che, per esempio, vanno dall'ortolano chiedendo se la frutta è buona. *Cuma sò sti fràvul*? («Come sono queste fragole?»). *Sò i megghj megghj*!, risponderà l'ortolano («Sono le meglio meglio, sono le migliori in assoluto, le migliori che puoi trovare sul mercato»). *Cum sò st'm'l'n*? («Come sono questi meloni?»). *Sosùcc'r*! («Sono zuccheri»), risponde puntualmente l'ortolonano, sono i meloni più dolci che tu abbia mai provato. Questa farsa idiota si ripete tutte le mattine, e va sotto la dicitura idiomatica di *chiedere all'acquaiolo se l'acqua è fresca,* cioè chiedere consiglio a qualcuno il cui parere è scontatamente positivo.

Chiang. Suona zen, ma non lo è. Questa parola ha per me un alto contenuto affettivo. Infatti ogni volta che io e mia madre tornavamo a casa in macchina, passavamo davanti a un bar con l'insegna arancione «Chianghet». Fino all'adolescenza ho coltivato l'illusione che fosse una parola straniera. Come si pronuncerà? Alla francese? *Sciangé*? O all'inglese? David Bowie nella sua canzone non dice *Ch-ch-ch Chianghet*? No. La chianga è, banalmente, il ripiano dove si appoggiano le cose. Il bancone, quindi, se il contesto è il bar. *U' chianghét* è un piccolo bancone, evidentemente di un piccolo bar del cazzo, come avrei appurato molto dopo.

Chiteccòpp. Letteralmente: 'chi ti è stato accoppato', ovvero chi ti è stato ammazzato. Si tratta di un insulto. Esempio: un automobilista vi passa accanto infangandovi i calzoni di pozzanghera, e voi vi sbracciate sbraitando: *vafangùl acchiteccòpp*! («Vaffanculo a te e quante ne tieni»). Funziona parimenti con *chitemmùrt* o, per i più timorati di Ade, *chitevvìv*.

Chiùmm. Piombo. Italianizzato diventa *di chiommo*. Si trova spesso declinato nell'aggettivo *chiommoso,* 'pesante', e degrada facilmente in *inchiommoso,* che equivale, idealmente, a prendere il chiommo di cui sopra e farlo rotolare più volte dentro vinavil, mastice o gomma americana. Se ti danno dell'*inchiommoso* significa che sei indigesto, impacciato, un impiastro, una palla pazzesca. Per estensione, un inchiommoso (o *inchiummùso*) è uno un po' lento di comprendonio. Potete esperire già da subito la parola *chiommo* al volante, abbassando il finestrino e gridando a suon di clacson *cùl d' chiùmm!* («Culo di piombo») all'autovettura che state sorpassando.

Fèmmenasciocc. Pronuncia: Fèmm'na choc. Femmina sciatta, classica donna che esce senza mutande, che si trascura. Più che esprimere un giudizio morale su di lei, *fèmmenasciocc* descrive un confabulare intestino tra massaie riguardo a una presunta inadempienza domestica: in altre parole, ci sono forti motivi per supporre che una così esca di casa senza aver fatto i mestieri. Facendo capolino con una scusa («Che, per caso, tieni un po' di prezzemolo?») nell'habitat di una femmina sciocca, la massaia avrà la conferma che l'appartamento è in disordine, e allora sarà suo preciso dovere correre dagli altri condomini e informarli che i sospetti erano fondati (*quìll ei prop na fèmmenasciocc!*, «Quella è proprio una femmina sciocca!»).

Matah. Pronuncia: Matàh! Questa interiezione si è diffusa in terra dauna una dozzina di anni fa, quando su Telenorba (Telenorba sta per *tele-nord-bari*) veniva trasmessa la versione vernacolare del serial *La Piovra*, che da noi si chiamava *Il Polpo*. Altro non è, a dispetto del suo vago sapore karateka, che una forma sincopata di Madonna. Es. *matah, che cav'd*. («Madonna, che caldo»). Si teme sia originariamente barese.

Meh, ji. Pronuncia: Meh, ìə. Presenta innegabili assonanze con l'*emmè, e ià* napoletano, ma come vedete è molto più sintetico e incisivo. Letteralmente vuol dire: 'dài, andiamo'. Ma in realtà è 'dài, forza, non fare storie, alza il culo e cammina'. O anche: 'mah, caliamo un velo pietoso'. Nella sua versione *sfastidiata*, ovvero seccata, diventa: *mèhn, ji*. Tra *meh* e *mèhn* c'è di mezzo uno spettro di fastidio, più o meno vasto. *Mèhn, ji* a sua volta ha un rafforzativo, che è *mèhn, mè* (traducibile con «mena mena». Se uno ti sollecita con «mena mena» stai attento, si è già rotto tre quarti di minchia e sta per prenderti a sberle).

Ndlltt't. Questa è la più lunga parola senza vocali del dialetto foggiano. Schiudete le labbra, pinzatevi il pomo di adamo e sentitelo vibrare. Bisogna sgranare per bene una consonante dopo l'altra, come se fossero distaccate, e l'accento va idealmente sulla doppia tt: nd-ll-*tt*-t. La sua parentela con la lingua italiana è ricollegabile a *intolettato*. Comunque significa: agghindato (per la sera). Es. *seee miis ndlltt't* («Si è messo/a in ghingheri»). Ci sono delle sfumature però. Se uno *seee miis aa pr'meèr* («Si è messo la primiera»), vuol dire che si è *acchittato* con un minimo di buon gusto, prediligendo accessori di classe. Se uno invece *seee m'b'rnacchi't* («Si è impernacchiato»), lo ha fatto in modo vistoso e pacchiano.

A Pisa, *pacchiano* si dice *foggiano*: immaginate da soli cosa significhi *impernacchiato* a Foggia.

Parapatt' e p'c'. Un'altra espressione idiomatica deliziosa, frequentemente addolcita nell'italiano *parapatta e pace*. Si utilizza di solito per rendere chiaro che un debito è saldato. Es. *tu m' avèa dà tre mulagnòn, ì t'aggh d't quatt pat'n, stìm parapatt e p'c*. («Tu mi dovevi dare tre melanzane, io ti ho dato quattro patate, stiamo parapatta e pace»).

Sammiserìn. Sammiserino. Persona ossuta, emaciata, magra come la statua in calcare d'un santo presente su una chiesa barocca del luogo, consumata dalle intemperie, e perciò attribuita a san Miserino. È un insulto.

Sciarabbàll. Si pronuncia come si scrive. È il carro trainato dai cavalli. Si dice usualmente di autovettura poco appealing e/o desueta e/o sfracellata. Es. il tuo concessionario di fiducia ti telefona per dirti che è arrivata una macchina usata a cinque milioni, vale la pena di vederla. Tu ti precipiti dal concessionario. La vedi e dici: *emmè, k'agghia fà cu stu sciarabbàll*. («Embè, che devo fare con questo catorcio»).

Sparatràpp. Il cerotto. Un classico esempio di onomatopea, che porta in sé il dolore causato dallo strappo. Misteriosamente, questo lemma è arrivato fino in Francia, tant'è che in francese cerotto è *sparadrap*.

Svacantapapòsh. La mia preferita in assoluto. *U' svacanta-papòsh*. Lo svuota-proboscide. La sega.

Tr'm'n. Si pronuncia trəmənə. Per pronunciare bene questa parola dovete assicurarvi di avere entrambe le arcate dentali serrate. Significa 'sega', e, per estensione, 'coglione'. Coglione si dice anche *M'chel* (Michele). Es. *sì pòp nu M'chel* («Sei proprio un Michele»). Dal momento che la maggior parte dei foggiani si chiama Michele, questo staglia ombre sinistre sull'intera genia.

Uoscinton. L'accento cade sulla seconda *o*, *uoscintòn*. Si trova spesso scritto al mercato, così come ve l'ho messa, e vuol dire arance (difettivo del plurale).

U' vim'n-ngruc't. Il vimini incrociato. È così che la zia Rosanna invitava noi bambini a fare i compiti: sbattendo il battipanni sul palmo della mano (*ù vìd u' vim'n-ngruc't?*, «Lo vedi il battipanni?»). Il battipanni è anche detto *panella*, da cui il proverbio *mazza e panella* (*mazz' e panell' fann i figghj bell'*, «Mazza e battipanni fanno venire su dei bei figli»), che come tutti sappiamo sta alla base delle più moderne scienze pedagogiche.

Gastronomia

La cucina foggiana presenta diversi livelli problematici. Il primo è di ordine lessicale: abbiamo la tendenza a complicare ciò che è semplice. Basti pensare che due fette di pane comune con salame o formaggio, ossia ciò che in italiano è detto banalmente *panino*, sulle Murge si chiama *ndacciatèure*. Il secondo problema è che lo stesso piatto cambia nome da paese a paese, e l'ordigno fonetico si complica in misura direttamente proporzionale man mano che ti allontani dal centro verso le sperdute montagne.

Il caso dei *cavatelli*

PAESE CHE VAI	NOME CHE TROVI
Orta Nova	*cìngule*
Ascoli Satriano	*cìnguele*
Margherita di Savoia	*ciunchelìcchje*
Molfetta	*cinghel-e ccénghele*

Se per qualche strano motivo che non voglio sapere vi trovate a Margherita di Savoia, attenti a non confondere i *ciunchelìcchje* (cavatelli) con i *cruchelìcchje* (maltriti): gli abitanti del luogo potrebbero aversene molto a male.

Il terzo ordine di problema è di tipo digestivo. Quando venne a trovarmi Pappetta da Londra, lo portai a sperimentare la nostra cucina locale in una trattoria del subappennino: non dovemmo fare nulla, solo entrare, salutare e sederci, il resto venne da sé. Cominciò ad arrivarci una quantità di tegami e terrine che da sola avrebbe sfamato la Cina. A metà pasto il mio ragazzo mi chiese: «Ti senti bene? Sei gialla». Prima di poter articolare parola mi ero cappottata all'indietro gambe all'aria con tutta la sedia, priva di sensi. Le cuoche uscirono dalla cucina, qualcuna mi trascinò per i piedi, qualcun'altra mi prese a sberle. Arrivò un'ambulanza e finii la serata al pronto soccorso con una flebo nel braccio. I medici diedero la colpa al caldo e alla gazzosa gelida sullo stomaco, senza prendere minimamente in considerazione quell'agnello ripieno di tacchino farcito di caponata indorato nell'uovo fritto nella sugna che avevano spacciato per antipastino. E adesso, un elenco (non esaustivo, per carità) dei piatti tipici.

Il pane sottile (ù penə suttilə). Dicesi *pane sottile* una pagnotta di pane bianco che pesa circa 9 kg (il nome penso sia ironico). Ciascun pezzo è chiamato *uceddéte*, che suona vagamente come «ucciditi».

Gli scagliozzi (ì scagliùzz). Si prende la polenta, che già di per sé è una mazzata, poi si stende, si taglia a rettangoli, si frigge e si condisce col sale. Il sapore ricorda quello delle patatine Rodeo, e la proporzione è 1 scagliozzo = 15 sacchetti di Rodeo. Se sono rotondi si chiamano *scagliùzz a palatèll*, se sono trapezoidali si chiamano *scagliùzz a strapizz*, se sono cilindrici si chiamano *scagliùzz à titiljcchie*. Il vostro fegato vi trascinerà in tribunale urlando.

Il calzone con i ciccioli (a' pìzz ch-i cìəccəl). La farina si impasta con la sugna, poi si ricopre di una notevole quantità di ciccioli e si inforna. Nessuno è sopravvissuto per raccontarne il sapore.

Peperoncini sottolio al tonno (pəpəruscìll sottùcchjə). Mia zia li fa sempre, e mantiene la ricetta segreta. Nel barattolo galleggiano peperoncini rotondi, piccanti, giganti, interi, completamente coperti d'olio, e dentro ogni peperone c'è una scatoletta di tonno sana sana. Se ne mangiate più di tre vi consiglio di fare un abbonamento a *La Storia della Filosofia* in fascicoli e chiudervi in bagno fino a data da destinarsi.

Minestrone (ù mənəstrən). Si fa un trito di cipolla, aglio, prezzemolo e si fa indorare nell'olio. Poi si unisce la ventresca a listarelle e la si fa friggere. Infine si aggiungono i fagioli, a seguire zucchine, bietoline, fagiolini e fiori di zucca. Si serve con pasta o pane. *La dieta del minestrone*, a Foggia, è un nonsense.

La pastasciutta (i maccarùnə). I nomi di pasta sono relativamente semplici, in quanto si riconoscono dalla tipica desinenza in -ele/elle: *vrecchjetèlle* (orecchiette), *filatiélle* (vermicelli), *fainèlle* (bavette), *lumbrìchele* (bucatini), *truòcchele* (troccoli), *gnuòcchele* (gnocchi), *llàine* (lasagne [attenzione, difettivo!]). In sé non sono particolarmente indigesti, benché la stracottura tipica delle mie parti li renda molto stancanti. Ad essere indigesto è il ragù, dentro il quale possono finire nonne morte, cipolle parlanti, rognoni di ippovolante fritto.

> La preparazione del ragù è un rito che si perpetua da più di due secoli, alla cui base c'è la salsa. La salsa, ovviamente, non si compra, si fa, e se ne fa in quantità bastevole per un esercito. A fine agosto-inizio settembre tutti si trasferiscono in blocco in garage per pulire, spappolare, bollire e imbottigliare quintali di pomodori. In ogni garage ci sono almeno quattro generazioni di donne sedute sul loro sgabellino che spelano, tritano e fanno gossip. Io sono sempre stata esentata da questo lavoro in quanto nella mia famiglia non si fa la salsa.

Le palle di agnello (ì capuzzèll). Quando vi arriva della carne di castrato, buttate un occhio nel piatto degli altri commensali, perché con tutta probabilità troverete il pezzo mancante. I gioielli della bestia vengono divisi a metà, macerati negli odori e poi infornati. Palle al forno. Esatto. Gli amanti perversi del simbolismo uniscono alle palle un po' di patate a tocchi.

I torcinelli (ì turc'nìll). Spiedini di budella. Le budella si lavano dentro e fuori come il pneumatico di una bicicletta, poi si attorcigliano intorno allo spiedo, si infiorettano con un po' di prezzemolo e si cuociono sulla brace di carbonella. Se vi sembra che abbiano un sapore di merda, tranquilli, ci avete preso in pieno: è merda. A volte infatti capita che le interiora non vengano lavate benissimo, e questo è il caso del torcinello *chìn e bbùn* (pieno & buono). Tutta salute.

Il porco (u' pùrk). Abbiamo preso il proverbio *del porco non si butta niente* e l'abbiamo fatto nostro.

Con la carne si preparano le pietanze tradizionali.

Con le interiora si preparano gli spiedini.

Con le zampe facciamo una grigliata, mettiamo a pediluvio i piedini per cinque ore, li scoliamo, li tagliamo e li arrostiamo sulla brace.

Con le orecchie ci facciamo un bel lesso, condito con prezzemolo tritato, olio, pepe.

Con il grugno ci facciamo un bel salamino da mettere nel panino del bambino.

Con il palato si fa un'altra cosa atroce che francamente ho rimosso.

Con il sangue e il cervello si fa il sanguinaccio, una crema da spalmare per una colazione da campioni (Che mondo sarebbe senza sanguinaccio?).

A casa di una mia compagna di scuola si cucinava abitualmente il cervello, e ricordo che la cosa mi dava il voltastomaco. Il cervello arrivava fresco fresco tutte le settimane, direttamente dai maiali morti nella loro campagna. Quando si entrava in cucina, sembrava di entrare nell'antro di Frankenstein Jr: sul piatto della credenza c'era sempre un cervello, conservato in trasparenza sotto uno spesso velo di cellofan. Avevano ovviamente anche un fornitore di conigli, un fornitore di anguille, un fornitore di uova fresche da bere, un fornitore di mozzarelle, tutti più o meno amici di famiglia, o per lo meno trattati come tali. Il fornitore di mozzarelle non me lo dimenticherò mai: il signor La Porta. Quando telefonava il signor La Porta e rispondevamo noi, si ripeteva sempre la stessa scena: «Mamma, La Porta!», gridava la mia amica poggiando la cornetta del telefono.

E la mamma andava ad aprire la porta.

La cellulite è come la mafia

Consumismo

La mia adolescenza è stata caratterizzata da due cose: la paranoia e lo shopping. In molti casi, la prima generava la seconda. In talaltri, la seconda generava la prima. Ma più spesso, paranoia e shopping erano un *unicum* indistinguibile, soprattutto quando la paranoia riguardava la cura ipermaniacale per il mio corpo. La pubertà non comincia, come si crede, con la comparsa dei peli, ma con la loro brutale e compulsiva estrazione. Non basta avere le tette, bisogna *farsi le paranoie sulle tette* per entrare a pieno titolo nell'adolescenza, e bisogna credere che la propria vita sia vacua, nulla e deprecabile se privata di una buona crema per il trattamento localizzato.

Questo libro, anziché essere il mediocre romanzo che è, avrebbe potuto essere un best seller e rendermi ricca sfondata, limitandosi a un freddo elenco delle dodicimila quisquilie che acquisto mensilmente – se solo Sophie Kinsella non mi avesse fregata sul tempo. Ma Sophie Kinsella mi ha fregata sul tempo. E questo libro è il mediocre romanzo che è.

Ad ogni modo mi sembra doveroso dedicare una sezione alle voci di costo, che rappresentano il grande dramma della mia vita. Quando si sente la parola *consumismo* si pensa di solito allo spreco, allo sperpero, all'acquisto di oggettistica inutile che finisce sui ripiani del salotto o nei cestoni dei bambini, o in copiose pile che otturano armadi già straripanti. Oppure si pensa a pranzi luculliani alla fine dei quali bisogna sbottonarsi i pantaloni. O a una scarpiera pullulante di calzature oblunghe con dieci centimetri di punta pitonata, inutilizzabile. Invece no, il mio è un consumismo *sacrificato, francescano*. Gran parte dei miei soldi se ne va in carta igienica biologica, trucchi non testati sugli animali, detergenti senza sapone, crostatine senza sapore, insalate macrobiotiche che costano il doppio proprio perché bastevolmente, equilibratamente scondite e deprivate.

PAM, la celebre catena di supermercati, è un acronimo che significa Più A Meno. Se esistesse, io mi servirei da MAP, Meno A Più. Biscotti senza sale, senza lievito, senza uova, senza zucchero e senza latte (cioè senza biscotto) costano il triplo dei saporosi crackers, dei cari, vecchi, untuosi e nutrienti biscotti del Mulino, e proprio per questo non posso fare a meno di metterli nel carrello, con la superiorità morale della suora. Quanto alle scarpe, seguo la lezione del vecchio Einstein, che aveva un armadio pieno di completi neri tutti identici. Io ho un armadio pieno di stivali neri tutti identici e anfibi neri tutti identici, tre per tipo, cioè sei paia di scarpe in tutto, praticamente indistinguibili, nonché parimenti insulse. Il loro plusvalore – invisibile agli occhi, come saggiamente precettato dal Piccolo Principe – è che sono state realizzate senza che una balena fosse arpionata, senza che una sola foca fosse incomodata, senza che nessun panda fosse minimamente distolto dalla suzione del suo bambù. E questo le rende costose in maniera ridicola.

Il problema comunque è alla radice. Il problema è che io sono una boccalona. Cioè credo a tutto. Credo sinceramente che i marziani abbiano costruito le piramidi, credo che i cristalli possano guarire l'influenza, credo che nel 2012 ci sarà il Grande Cambiamento, credo al mago che sta in Via Brera col suo tavolino pieghevole, secondo il quale nella mia vita passata sarei stata, per inciso, una danzatrice del ventre irachena (fiko!). Credo alle rune, all'I-Ching, alle carte, alla mano, alla palla, al lancio dei fiammiferi, delle monete, dei dadi. Quando mi fanno vedere i poteri sgrassanti dello spiumino antistatico, io ci credo. Credo all'omeopatia, ai fiori di Bach, all'agopuntura, allo shiatsu, allo yoga, alla moxa, che è una cosa puzzolentissima che metti nell'ombelico e a cui poi dai fuoco, e che tra l'altro è fonte di magna sofferenza. Credo che l'alluce del piede sia legato al rapporto con se stessi, l'indice a quello col papà, il quarto a quello col partner e il mignolo a quello coi figli. Il terzo non mi ricordo, ma credo ciecamente anche (anzi, soprattutto) al terzo dito del piede. Credo all'oroscopo. Credo all'esistenza di Dio, al Dio-pomodoro, al Dio-cespuglio, al Dio-sasso, al Dio immanente, credo all'animismo e il mio telefonino, infatti, si chiama Mario, e ci parlo. Parlo con le porte, con i frullatori, con le piante e con i morti.

Ma, tra le varie cose in cui credo, quella a cui credo di più è che i derivati del latte siano legati al rapporto con la madre, che i lieviti siano legati a quello col padre, che l'alcool e lo zucchero siano legati ai problemi affettivi, e che tè, caffè e cacao siano legati alle paure. Questa è la ragione per cui evito tutti i suddetti alimenti, oppure li ingurgito con grandi sensi di colpa nel buio del mio cucinotto. Poi mi dissanguo per mangiare miglio biologico condito con acidulato di umeboshi e alga del Mar Morto anziché farmi una pasta come Cristo comanda, o una bella margherita,

L'I-Ching

Quando mi trovo in situazioni difficili, e non so che pesci pigliare, generalmente consulto l'oracolo dell'I-Ching. Non si sa bene chi l'abbia scritto. L'autore me lo immagino come un tizio con i baffi lunghi e cascanti con un sacco di tempo libero.
Il lancio delle monete dell'I-Ching vi darà una combinazione numerica che rimanda a una delle 64 sentenze, la quale dovrebbe, in linea ipotetica, rispondere alla domanda che avete posto.
Esiste una particolare sfumatura di frustrazione che solo l'I-Ching è in grado di generare. Noi masochisti viviamo per quei momenti. Tu sei desideroso di sapere se, metti, il tuo lui ci sta o non ci sta, e invece ti scontri con arcane parabole che blaterano di porci, pesci, vacche volanti. L'esperto di I-Ching replicherà che le vacche sono metafore: metafore d'un concetto più grande. Ma se volevamo metafore, compravamo Giuseppe Ungaretti, no?, Eugenio Montale. Noi esigiamo un responso chiaro, univoco e soddisfacente. Passo o non passo l'esame? Maria me la dà o non me la dà? Niente metafore, fatti.
Io consulto l'I-Ching maniacalmente, e ciò mi ha dato, col passare degli anni, un'ottima padronanza del mezzo. Posso dunque affermare che al mondo c'è un ampio bacino di potenziali utenti dell'I-Ching tagliati fuori per ignoranza, scetticismo e ostilità (giustificata) nei confronti dell'edizione curata da Richard Wilhelm (un bravo signore, una persona molto scrupolosa, un ottimo sinologo, ma quello che scrive è catalettico), e da tempo, pertanto, coltivo l'idea di diffondere il verbo dell'I-Ching tra le masse attraverso un manuale di istruzioni per adolescenti, scettici e semianalfabeti. Non potendolo fare nello spazio di un box, mi limiterò a segnalarvi i tre trucchetti base per mettere l'I-Ching alle strette.

1. Formulare la domanda usando le parole del Maestro coi baffi. Per esempio, anziché chiedere «Maria ci sta?», è meglio chiedere «È propizio provarci con Maria?». Il libro ti dirà: «Propizia è perseveranza», o «Grande salute!», o «Sciagura!», in ogni caso qualsiasi risposta sarà più comprensibile se ricondotta a una domanda formulata con toni ottocenteschi.

2. Non ripetere mai la stessa domanda, altrimenti il libro si snerva e ti risponde male, mandandoti alla sentenza numero 4 («La stoltezza giovanile»), con cui praticamente ti dà del giovane, ingenuo cretino.

3. Non porre mai una domanda di cui si sa già la risposta, perché il Maestro, sentendosi scomodato inutilmente, si vendicherà dandovi un responso che non c'entra nulla. Una volta chiesi se il mio ex mi amava ancora (non c'era bisogno di scomodare i cinesi, visto che la risposta – no! – me l'aveva già data il diretto interessato in svariate e umilianti salse), e l'I-Ching infatti rispose: «Lo scuotimento reca

riuscita. Lo scuotimento viene: uh, uh! Parole ridenti: ah, ah! Lo scuotimento spaventa per cento miglia, ed egli non lascia cadere il cucchiaio sacrificale e il calice». Ovviamente passai le successive tre settimane a cercare improbabili analogie tra il mio ex e lo scuotimento del calice. Non ve n'erano. Lo chiamai e lui mi mandò affanculo per l'ennesima volta.

e a fine mese chiedo l'elemosina. A mia madre e mio padre, di solito. Il che spiega perché continuo ad avere un pessimo rapporto con loro nonostante mi astenga dal latte e dai lieviti.

Tutti i ciarlatani del mondo sono in debito con me, perché io stipendio tutti. Ogni sera, prima di andare a dormire, Vanna Marchi bacia la mia foto. La mia erborista, con i miei soldi, so che si paga le vacanze. E probabilmente la mia psicoterapeuta si fa innaffiare nuda dal suo compagno con la bottiglia di Dom Perignon sghignazzando: «Ah ah ah, quella vecchia boccalona di Pulsatilla».

Poi ho tutta una categoria di consumi *amorali*, per non farmi mancare davvero niente. Compro libri che non leggo, compro dischi che per anni riversano incellofanati senza mai essere scomodati dalla loro mensola (ultimamente ho comprato tutta l'opera di Giuseppe Verdi, inascoltabile), nel frigo ho una scatola di cioccolatini alla crema, costosissimi, che tra l'altro non mangio neanche, ma mi piace che quando qualcuno passa per il caffè io plaf, gli metto questo cremino sul piattino, è chic e non impegna. Insomma, vado avanti così. Piccole idiozie quotidiane che depauperano il mio conto, dandomi una gradevole sensazione di agio.

Tra i consumi inutili del primo tipo (morali) e i consumi inutili del secondo tipo (amorali) c'è uno scarto che all'occhio inesperto parrà impercettibile. Ma c'è. Diventa più evidente quando si passa alla *cu-*

ra del corpo, che forse è la voce di costo che crea le più clamorose e insanabili voragini finanziarie e che, ovviamente, di francescano non ha assolutamente un cazzo. A cominciare dal maquillage, passione che si impadronì di me quando ero in prima media.

Un giorno mi impossessai della trousse di mia madre, composta da tutti i pezzi di scarto usciti dalle riviste che lei comprava: c'erano un ombretto fucsia, un ombretto azzurro, un ombretto verde acqua, un borotalco che puzzava di pastone per canarini, un mascara mezzo asciutto, un lucidalabbra al lampone e dei pennelli spennacchiati: materiale sufficiente per uscire di casa magnetizzando pedofili nel raggio di cinquanta chilometri. In seconda media informai la mia famiglia che avrei fatto l'estetista, ma nessuno mi diede corda: «Figuriamoci», disse bonariamente mia madre. Lei era laureata con lode in lettere antiche e archeologia, e pregustava per me un futuro da ricercatrice universitaria.

Si sbagliava.

A sedici anni, infatti, diventai promoter Herbalife.

Herbalife, oltre a vendere i proverbiali beveroni vanigliati per il controllo del peso, aveva un vasto assortimento di cosmetici che io mi dilettavo a piazzare alle mie clienti: «Vede», dicevo alla moglie del dentista di mia madre, «se prende il gommage per il viso le faccio provare il nostro nuovo mascara». Mia madre mi guardava sconvolta, vedevo chiaramente la nuvoletta della ricercatrice universitaria cadere in frantumi. Le si spezzò definitivamente il cuore quando mi vide arrivare a casa di umore spumeggiante perché mi avevano fatto l'upgrade di livello. Indossavo una spilla rotonda che diceva: «Vuoi perdere peso? Chiedimi come!». Posai la mia valigetta sul tavolo e le chiesi cordialmente di guardare con me il filmato in cui si dimostrava che lavorando per Herbalife avrei presto avuto il mio elicottero personale: «Pensa a studiare», disse amaramente. Ma non ci credeva più neanche lei. Ero persa. Andata. Ero Herbalife.

La parentesi Herbalife si esaurì nel giro di pochi mesi, perché i rapporti con la mia superiore, appena più grande di me, si andarono deteriorando. In breve tempo eravamo diventate due cinghialotte viziate sovrappeso che non riuscivano più a fare un soldo, e litigavamo di continuo sbranando nervosamente delle barrette. Come in quei film americani dove due cafoni arricchiti, strafatti di coca, naufragano a bordo di uno yacht dandosi vicendevolmente addosso: «Ehi, amico, ho detto che voglio un'altra di quelle barrette, l'ho portata io quella roba».

Questo lavoro mi diede però una vasta esperienza nel campo della cosmetica, che aggiunse alla mia vita un che di nobile. Mia madre tutte le mattine batteva sulla porta del bagno: «Ma cosa stai facendo lì dentro da un'ora?». Io ora ero una donna, avevo il controllo sulla mia pelle. Placidamente rispondevo: «Sto facendo una maschera per il vizo». *Vizo*, e non *viso*. Con la esse dolce, un po' strusciata. La pelle del vizo.

Ora. Se calcolassimo quanti soldi una donna spende per la cura della pelle, verrebbe fuori uno di quei numeri sconvolgenti, tipo quanti minuti dura una vita, o quante volte i nostri vasi sanguigni farebbero il giro della Terra se li attaccassimo tutti l'un l'altro. Facciamoci due conti.

La prima regola è idratare. Idratare, si sa, è fondamentale. Non puoi essere donna e non idratarti: è un tuo dovere. Quindi è inammissibile comprare una crema qualsiasi, bisogna comprare una crema ad azione idratante, rigorosamente non grassa, anzi, possibilmente, con effetto seboequilibrante. Mai meno di venti euro. Né puoi comprare un latte detergente qualsiasi, devi sbatterti in faccia una pappa nutriente che, nel mio caso, costa trentotto euro. Dopodiché, ovviamente, non è che puoi usare l'acqua: l'acqua è calcarea, disidrata (l'acqua che disidrata: bizzarrie del mondo moderno), devi usare il tonico. Altri cinque euro. Poi c'è il gel contorno occhi. E se *ti vuoi veramente bene* devi anche stenderti sul letto e metterti la mascherina gelida di frigorifero, che di solito ha preso l'odore dei porri e del merluzzo.

Poi vogliamo parlare del trucco.

Stendere un velo di gel all'aloe vera, per rigenerare la pelle. Tredici euro. Spargere uno strato di crema colorante. O fondotinta. O entrambi. Venticinque euro. Poi il copriocchiaie. Certo, Anna Magnani portava le occhiaie con grande disinvoltura: ma non è facile. Comprarsi un tubetto di copriocchiaie, invece, sì. Sette euro. Poi la cipria. Qui si comincia a perdere il conto. Matita, sopra, sotto e all'interno dell'occhio. Pennellino per sfumare. Pennellino piatto per la rima palpebrale. Ombretto per la palpebra, ombretto per l'ombreggiatura, ombretto per il punto luce sotto le sopracciglia. Mascara. Fard. Matita per le labbra e rossetto. Punto luce sullo zigomo: voilà. Spazzolino per le ciglia, piegaciglia, matita e gel per le sopracciglia. L'aggeggio più inutile dell'universo dopo il piegaciglia – è nel mio beauty case, non ricordo quando l'ho comprato, né dove l'ho comprato, né perché – non ha neanche un nome, perché la sua inutilità è ineffabile. È un timbro di gomma morbida che si picchietta sul vizo, serve a massaggiare.

Poi dice sei rimasta senza soldi.

Palestra

Con un meschino cartello «Ospite» che mi ciondolava al collo, mi aggiravo smarrita nelle sale del Planet per collaudare le mie capacità atletiche.

Ero capitata lì per via dello yoga: sapevo che tenevano corsi di kundalini e volevo informarmi. Quando il giorno prima mi ero lasciata alle spalle il lucido tornello metallico mi era sembrato di entrare nel Paese delle Meraviglie. Sale, parquet, specchi, distributori di bibite, ragazzi alla moda, giovani hip-hop, musica a palla, receptionist smaglianti, pass che aprivano prestigiosi ed esclusivi Sesami da cui si accedeva a ulteriori sale, specchi, distributori di bibite e ragazzi alla moda. Una Liza Minelli interiore si era messa a cantarmi *I Wanna Be a Part of It*, e a ritmo di trombe e rullanti mi ero diretta decisa verso la reception per accaparrarmi anch'io il diritto a una tessera Gold.

La mia concezione di palestra era stata viziata nel corso degli anni da ricordi non proprio affidabili. Quando avevo sei anni, mia madre andava tre pomeriggi alla settimana in un postaccio fetido, dove altre signore grasse e depresse come lei, e tutte con gli occhiali, facevano esercizi a corpo libero, guidate dall'arcigna signora Marina. Per sentirsi meno sola, aveva deciso di strascinarsi appresso anche la povera vicina di casa e l'innocente sottoscritta. Ricordo tragitti a bordo di una 126 sbuffante, sotto la pioggia, l'acqua sul lunotto, per poi arrivare negli spogliatoi con le scarpe inzaccherate. Niente musica in quella palestra, solo un forte odore di gomma e polvere. Mi ritiravo in un angolo a giocare con le bambole in attesa che mia madre finisse, e poi si tornava a casa tutte e tre, io, mamma e la vicina, abbacchiate e tristacchiotte sulla nostra carretta. L'atmosfera da suicidio norvegese che regnava in quel luogo mi aveva portata all'equazione palestra = avvilimento. L'estrema diffidenza nei confronti del fitness si era poi strutturata negli anni delle elementari e delle medie, durante i quali, a causa della mia statura (un metro e trenta scarso), ero continuamente discriminata dai miei compagni, e, per dirne una, mi veniva il colpo della strega solo a guardare il canestro. Al liceo, il lurido bugigattolo in cui venivamo deportate due volte alla settimana aveva consolidato definitivamente il mio ripugno nei confronti degli ambienti sportivi.

La conversione – inaspettata – arrivò proprio quando misi piede al Planet, quello spazio nuovo di zecca che raccoglieva la *crème de la crème* della gioventù forzista foggiana.

La prima cosa che mi agghiacciò fu la persecuzione della mia immagine: gli specchi onnipresenti centuplicavano la mia figura in qualsiasi angolo della palestra. C'era un uomo paonazzo, concentrato nel sollevamento di un bilanciere, che sembrava sul punto di esplodere. Accanto a lui ce n'erano altri tre o quattro che, a singhiozzi, emettevano urla disumane. Assunsi uno sguardo tra il perplesso e il corrucciato. Un nanerottolo dal bicipite esplosivo se ne accorse e, cingendomi paternamente le spalle, partì con un pistolotto introduttivo e incoraggiante a tema fitness. Lui era un personal trainer – disse – e mi avrebbe aiutato a trovare l'allenamento che faceva per me. Ora, ero nelle sue mani. Questo, era il vero significato dello sport. Lui, mi avrebbe fatto perdere peso. Bla bla bla. La mia attenzione durante il pistolotto si tenne viva grazie all'espressione *attività lipolitica*, che in un primo tempo interpretai come *attività lì politica*: mi incuriosì, volli capire di che si trattasse.

Compresi che non c'era nessuna polis da governare quando mi ritrovai sdraiata su una cyclette orizzontale, dove, sempre a causa della mia nanitudo, mi sbiellai un'anca nel tentativo di completare la pedalata. Demorsi. Zoppicando, seguii il mio mentore fino allo stepper, altro valido strumento di lipolisi. Ingenuamente pensai che scaricando il peso sul pedale di sinistra quello di destra si sarebbe sollevato, che dovrebbe essere l'essenza stessa dell'idea di pedale: no. I pedali andavano giù insieme, affondando. Scesi immediatamente: «Allora facciamo un po' di tapis roulant», propose l'istruttore (*facciamo*, come se lui dovesse fare qualcosa a parte mettermi sul tappeto e premere il bottone). Con molta diffidenza salii sul nastro e cominciai a correre. Dopo poco mi accorsi che non potevo scendere, che ero una specie di criceto nella ruota, che mi stava venendo l'ansia. Fermammo la macchina, e io, tergendomi la fronte come Rocky, decisi di porre fine alla mia attività politica lì.

Il personal trainer mi fece strada gonfio gonfio (i muscoli gli impedivano di chiudere le braccia) verso la sala pesi. Questo è per i pettorali, disse sprezzante, e mi fece vedere come funzionava il relativo arnese. Nutriva per me una disistima infinita, lo vedevo. Questo è per i tricipiti, continuò, spostandosi sulla macchina accanto. Passammo in rassegna tutti i possibili strumenti persecutori di tortura autoinflitta. La mia curiosità fu solleticata da un coso con due sbarre da impugnare. Chiesi cos'era. «Ah, questa è una macchina molto completa», mi spiegò con sussiego l'umpalumpa, accarezzando la macchina molto completa, «Vuoi provarla?». Sembrava uno stepper, ma non lo era, perché i pedali non andavano su e giù: andavano in tondo, come quelli di una bicicletta, però non descrivevano un cerchio, descrivevano un ovale. Sembrava insomma di camminare sulla neve, o di pestare l'uva. Poi c'erano due sbarre, simili a sci, che dovevi muovere a mo' di leva avanti e indietro. Non mi era chiaro il punto: la cyclette simula la bicicletta; il tapis roulant simula la corsa; lo stepper simula le scale; questo affare che simulava? Niente. Era un incrocio tra uno sci di fondo e una vendemmia. Una vendemmia di fondo. Non mi convinceva. Scesi.

A quel punto, l'istruttore mi lasciò sola: ora potevo fare quello che volevo, articolando spontaneamente le mie pulsioni lesionistico-narcisistiche. In realtà io non volevo fare niente, volevo tornare a casa, mangiarmi un panzerotto, stappare una birra, scoreggiare e accendere *South Park*. Ma la palestra è un luogo strano, che ti fa fare cose strane. Non puoi dire che la odi senza mostrare i diversi strati di pallore e adipe, e non puoi dire che la ami senza manifestare un'inquietante e disperata ricerca di riscatto.

L'iniziazione al mondo del fitness avviene quando cominci a dire che sei grassa, o a dieta. All'inizio non ci credi veramente, è un intercalare: ti professi grassa, e, non essendolo, nessuno ti dà corda. Io per esempio ho cominciato a dire di essere grassa intorno ai dieci anni, per vezzo, per sentirmi donna. Poi, un bel giorno, trovi qualcuno che ti dà ragione e, squadrandoti, dice che però in fondo non è che sei proprio grassa, hai solo bisogno di tonificare un po'. Minuto di panico. Non te ne rendi conto lì per lì, ma la tua vita è a una svolta, la tua poca magrezza è stata confermata, la tua imperfezione è un fatto, il tuo corpo comincia ad essere un problema, l'infanzia è finita. Hai finito. Ti iscrivi in palestra, facendo il tuo ingresso con carta magnetica nel mondo delle pippe forever.

Dopo il duro allenamento, decisi di premiarmi con una sauna, che era stata il mio chiodo fisso degli ultimi quaranta minuti. Mi affacciai nel gabbiotto cinta in un asciugamanino striminzito. Il comitato di benvenuto era costituito da quattro cosce con la patacca all'aria. Chiesi se mi potevano fare un po' di posto. Un po' seccate, le signore si strinsero. Sistemai cordialmente il mio asciugamano, dopodiché, per integrarmi nel contesto, mi misi anch'io con la patacca all'aria, tossicchiando. La sauna è imbarazzante, perché contemplare il cespuglietto delle altre è scortese, allora devi guardare il soffitto, o tenere gli occhi chiusi, o contemplarti il cespuglietto tuo. Voglio dire, si dice che sia difficile stare in ascensore.

Appurato che non c'era nessuna conversazione in corso, provai a cominciarne una:

«Si suda, eh?».

Poteva essere letta in due modi: si suda in palestra, si lavora, e adesso meno male che ci si riposa. O anche: fa caldo in sauna. Una frase intelligente, polivalente, un buon approccio, mi pare. Fu ignorata. Una delle due signore, sforzandosi di essere cortese, mi fece un sorriso di sole gengive.

Seguirono minuti in cui la tensione si tagliava con l'accetta:

«Tra poco esco», ci informò l'altra signora.

Gengive, gengive. Altri minuti di omertoso silenzio:

«È mezzora che sto qua e ho ancora i piedi gelati», intervenne, dopo un po', la prima.

Era la frase più divertente che fosse stata detta fino ad allora, quindi c'era il dovere morale di fare una piccola risata. Ridemmo. La tensione si stava sciogliendo. E anch'io. Uscii.

Non mi restava che il bagno turco, poi potevo andarmene a fanculo. Aprii la porta ed entrai. Mi ritrovai di botto a brancolare nella nebbia:

«Ciao», disse il Fantasma dei Natali Presenti.
«Ciao», risposi io. La voce rimbombava.
«Sono qui».

Mi girai: nell'angolo c'era una ragazza circonfusa nel vapore. Annaspai verso di lei per metterla a fuoco nitidamente, intravidi il suo viso gioviale e molto stancamente le sorrisi, scivolando lungo la parete per sedermici accanto. Non sapevo cosa ci facessi lì, anche perché cominciavo ad avere forti giramenti di testa. Con tutta quella nebbiolina sembrava di stare in un sogno: «Sembra di stare in un sogno», dissi, e con grande disinvoltura collassai a peso morto: bum, di faccia nella pozzanghera. E così si concluse degnamente il mio primo giorno di allenamento al Planet. Planet: il pianeta del benessere.

La prima cosa che vidi quando riaprii gli occhi fu – ironia della sorte – il cespuglietto della signora, la quale stava tentando di farmi riprendere i sensi tenendomi per le caviglie. Mi guardai intorno e vidi altri svariati cespuglietti imperlati di sudore. Mi portarono a mo' di barella nell'area di riposo e, lentamente, mi aiutarono a rimettermi in piedi. Ero sudata come una ragazza-squillo.

Uscendo, un'ora più tardi, incrociai la receptionist che stava smontando:

«Com'è andata?».
«Bene».
«Ti è piaciuto?».
«Molto, molto».
«Hai conosciuto Massimo?».
«Chi?».
«Il personal trainer».
«Ah. Certo, certo».
«Fai l'iscrizione? Se sei studente, la tessera ti costa solo quattrocentomila lire».
«Ci penso».

Non ci pensavo nemmeno.

«Allora ciao».
«Allora ciao!».

Quella sera mangiai come un pitone. Mia madre mi vide spazzolare una teglia di penne al ragù e due tranci di tonno senza colpo ferire. Con le gambe aperte a tarallo per il dolore, filai in camera senza dare la buonanotte a nessuno e crollai di sasso sul cuscino, dove conclusi con un tonfo la mia promettente carriera di atleta.

Alla fine mi sono iscritta al corso di yoga kundalini, che incidentalmente costava il doppio.

Trattamenti anticellulite

Verso i sedici anni mi resi conto di avere la cellulite. Cominciai a strizzare la chiappa davanti a qualsiasi superficie riflettente: lo specchio, l'anta del balcone, il bancone del baretto sulla spiaggia, e l'immagine che mi ritornava era innegabilmente butterata. Facevo finta di niente, ma in realtà, dentro, masticavo amaro.

Il 98% delle donne ha la cellulite: combatterla è un suicidio statistico collettivo. Avrebbe molto più senso che quel 2% di stupide sgallettate si facesse impiantare un chilo di arance sottochiappa invece di stare a impazzire noialtre tutta la vita. Quello che i maschietti ignorano è che tutte le donne combattono la cellulite. Una volta il mio ragazzo, cincischiando nella mia stanza, mi sventolò sotto il naso il mio tubo di crema anticellulite come a dire: e tu, che ci fai tu con questo? Manco fosse un cazzo di gomma (che tra l'altro dall'altro giorno posseggo, evviva i compleanni) o una testa di cadavere. Un luogo comune che va assolutamente sfatato è che solo le donne ricche e viziate trovino il tempo per queste frivolezze. Sbagliato. Ogni donna in possesso dei suoi arti inferiori ha un tubo di crema anticellulite. L'ossessione per la cellulite è assolutamente trasversale, non bada a ceto, reddito, credo politico, livello di istruzione o latitudine geografica. E neanche età, visto che il primo tubo viene acquistato intorno ai quindici anni e l'ultimo sta ancora nell'anta del bagno mentre i vermi stanno formicolando sulla nostra lapide. Voi maschietti: quando le vostre donne, scrocchiandosi il collo per l'emicrania, bofonchiano qualcosa a proposito di un massaggio antistress che andranno a fare nel pomeriggio, credete veramente che si tratti di un massaggio antistress? Forza. Scendete giù dall'albero. Non conosco una sola donna che abbia fatto nella vita un massaggio antistress. Massaggio antistress è la dicitura nella nostra lingua sociale, in realtà quando arriviamo dall'estetista cala il sipario, cessa la pantomima da salottino di Marta Marzotto, e ci rimettiamo nelle mani di una macellaia profumatamente pagata per martoriarci le cosce, mentre noi, vigili con l'occhio insanguinato, in posizione da parto, la incalziamo: lì! Lì fa male! Vai! Dài!

Ma prima di addentrarci nel fantastico mondo dei trattamenti anticellulite, andiamo a vedere nel dettaglio che cosa è la cellulite.

La cellulite è come la mafia. Non esiste. Se la sono inventata dal niente. O meglio, c'è sempre stata, ma, guarda un po', per dieci milioni di anni non ha mai dato fastidio a nessuno. È come se domani decidessero di dare un nome alle venuzze nell'occhio, chiamandole, chessò, fluppolite, e convincessero tre miliardi e mezzo di persone a scavarsi le orbite. La fobia per la cellulite è un'epidemia tutta mentale che si trasmette attraverso i giornali e la tivù. È una truffa a tutti gli effetti: connota negativamente una parte del nostro corpo, in sé neutra, come le tette, i capelli, le ciglia, al fine di spingere all'acquisto di nuovi prodotti che prima non avrebbero avuto mercato. Si tratta in altre parole di ingenerare artificialmente un bisogno per poi vendere le pappe puzzolenti atte a soddisfarlo.

La cellulite non è dunque il risultato di una cattiva alimentazione, come vogliono farci credere, è il risultato di qualche dozzina di noiose riunioni del reparto marketing. L'infondatezza della guerra contro la buccia d'arancia è provata dal fatto che, se strizzi la coscia di mia cugina di dieci anni, la buccia è già lì. Mi si obietterà che la povera cuginetta soffre di cattiva circolazione. E io mi domando perché, se naturalmente presente, venga chiamata *cattiva*. Non è cattiva. Di chiappa poco irrorata non è mai morto nessuno, e per millenni le donne hanno convissuto con la fisiologica evidenza che alcuni tessuti siano meno irrorati di altri. Le donne ritratte nei dipinti del Settecento erano pingui dame col doppio mento, e sembravano anche piuttosto compiaciute. Quando sono comparsi i primi nudi su tela nessuno si è disturbato alla vista delle voragini di cellulite che butteravano le cosce delle signore. Signore tranquille che picniccavano sull'erba, acquattate nel loro lardo. Che male c'è. Provate invece ad aprire un magazine femminile qualsiasi. Manichini slavati con l'occhio assassino che guardano gelidamente nel vuoto, ragazze torte in pose sconfortevoli, reduci da chissà quale massivo sterminio, o annichilite per una fine del mondo drammaticamente vicina. Però non hanno neanche un filo di cellulite.

Vuoi mettere.

Nonostante queste belle parole, decisi che era giunto il momento di spaccare il porcello con i risparmi. Mi recai di soppiatto con il mio mucchietto di monete a un istituto di bellezza. Feci un ingresso degno di

Perry Mason, intabarrata con impermeabile e occhiali da sole. Avevo sedici anni e sembravo una divorziata ultimo stadio. Fui accolta da una snella signorina con quoziente intellettivo 16, che mi prospettò tutti i trattamenti che potevano risolvere il mio problema («Problema? Io non ho nessun problema» – inizialmente negavo, come gli alcolisti). Alla fine mi ritrovai a lavorare come cameriera in un pub per pagarmi l'intero ciclo di Fregnacce®.

Le Fregnacce® che il mio istituto di bellezza proponeva in esclusiva per me erano molte, e ce n'erano alcune di veramente belle. Ad esempio.

Lo shuttle. Ti infili in una specie di tuta lunare, impiastricciata di merda puzzolente, e poi ti fai infilare in un sarcofago dove sudi. Non ho idea a che cosa serva, ma esiste. Forse serve a mandarti su un pianeta di menti superiori dove la cellulite, per ovvie ragioni, non è un problema.

Il laser. Una simpatica signorina maneggia una penna sulla tua coscia, non si capisce con quale criterio, probabilmente scrive parole a caso, tipo «6 una cogliona». Dalla penna parte un laser che ti riscalda la chiappa. Quando ti rimetti i jeans, il sedere ti brucia ed esci contenta.

La crema. L'intramontabile. Lo Chanel numero cinque della guerra alla ritensione. Te la metti, e la chiappa non ti si scalda nemmeno, è come prima, però sei contenta uguale.

Il fango. Variante complicata della crema. Quando apri il barattolo le mosche cadono secche a terra e le piante ti si afflosciano perché l'odore repelle qualsiasi essere vivente, tranne te, che sei completamente obnubilata dalla tua battaglia contro gli inestetismi. Con una comoda spatoletta o con le nude mani cominci a spalmarti questa schifezza, che non a caso si chiama fango, sui punti critici, poi ti avvolgi nel cellofan come una mummia e stai così per una mezzora buona. Non puoi fare niente, perché appena ti alzi senti il chk chk tra coscia e coscia, e ovunque vai appesti l'ambiente. Bestemmi tutti i santi del calendario, perché pizzica. Quando ti risciacqui ti senti così sollevata che, guarda, vale la pena solo per quello.

Il massaggio. Il massaggio dovrebbe essere una cosa piacevole, no? Invece quanto più ti fa male, tanto più ti sembra di aver speso bene i tuoi soldi. Dovremmo chiederci con onestà da dove venga tutto questo masochismo. Tra l'altro, dopo aver fatto il primo massaggio della mia vita, una decina di anni fa, l'estetista mi puntò il dito verso il ginocchio e disse: «Se non fai un ciclo completo quello lì ti si trasforma in cellulite, te lo dico subito». Da allora, ogni mattina mi guardo con preoccupazione il ginocchio. A oggi non mi si è ancora trasformato.

La cyclette a raggi infrarossi. Il nome sembra inventato, tipo l'unicorno volante. Invece no. Tu pedali da sdraiata mentre decine di faretti laterali illuminano il tuo adipe. Ti senti una vera star del grasso.

La sedia elettrica. Vieni ricoperta di elettrodi e la sorridente ancella della linea ti procura delle scariche. Se i venusiani approdassero dall'estetista la scambierebbero per una sala di torture. Le femmine degli umani sono seviziate con scariche elettriche, e restano inchiodate a un lettino, senza reagire, costrette a leggere «Oggi» e «Chi». Dovremmo dirgli che farci torturare ci costa due terzi dello stipendio, così farebbero ragionevolmente saltare in aria il pianeta.

Tisane. Le tisane contro la cellulite si riconoscono dall'odore, perché già a guardarle ti viene da rimettere. La centella composita, in questo senso, è un capolavoro. È assolutamente imbevibile. Considerata la tisana anticellulite per eccellenza, è un'antologia delle piante più rivoltanti del pianeta. Quando hai davanti la tazza che fuma amaro senti che Dio ti sta mandando un messaggio: combattere la cellulite è cosa contraria al volere dei cieli. Ma tu la bevi ugualmente, perché in fondo in fondo ti odi, e questo si sapeva.

Mutande

Mutande è un difettivo del singolare. Però, per me, è la mutanda. D'ora in avanti la chiamerò così per dispregiarla. Licenza poetica.

La mutanda esprime bene l'intrinseco e genetico masochismo della donna. Teoricamente, dovrebbe essere un morbido panno di cotone ove adagiare il triangolino patatoso. In pratica, è una trappola per topi, uno strumento di tortura medievale, un'idiozia inutile che ci rema contro. Un aggeggio infernale. Nell'iniqua società di stampo patriarcale in cui viviamo, gli uomini possono tranquillamente infilarsi una mano sotto i calzoni per smovimentarsi le palle, mentre la donna deve sempre mantenere il contegno. Sarebbe perciò fondamentale avere una mutanda affidabile che auspicabilmente resti nella posizione di partenza. Bene, nella mia ampia esperienza mutandistica ho appurato che questo è impossibile. L'idea di mutanda ideale è inconsistente, ingenuamente platonica. Esistono tanti tipi di mutanda, tutti più o meno fonte di guai, e la scelta ricade su uno di essi a seconda del carattere, dell'età e del tipo di culo. Se hai un culo a budino, ad esempio, è sconveniente che tu metta la brasiliana. Se hai quattordici anni è sconveniente che tu metta il pizzo. Se hai i pantaloni bianchi è sconveniente che tu metta le mutande nere. Eccetera.

Il debutto della fanciulla nel fantastico mondo delle mutande avviene intorno ai quattordici anni, quando prende d'improvviso coscienza che i mutandoni ascellari con motivetto d'api e merletti sono dementi. Nel mio caso questa presa di coscienza coincise con la moda delle culottes morbide, allorché buttai via le mutande da Mariangela Fantozzi e mi riempii i cassetti di sciortini svolazzanti, non meno ridicoli, e soprattutto ancora più scomodi. Il primato di scomodità assoluto è stato raggiunto dalle culottes elasticizzate, in voga alcuni anni dopo, dotate di una simpatica cucitura centrale che ti apre letteralmente la patata in due: ti senti una donna divisa, spaccata. Continuando lungo l'arco della cronologia mutandale, la vera rivoluzione è arrivata con l'avvento di una drasticissima vita bassa, tuttora in auge. La folle ondata della vita bassa non ha investito solo l'intimo, ma anche pantaloni, collant, gonne, jeans: l'estetica della donna e la percezione di quest'ultima agli occhi dell'uomo è cambiata, e l'uomo, di fronte alla vista di vite basse, così basse da far intravedere talora lo spacco tra le natiche, talora i peli pubici davanti, ha dimenticato in un attimo secoli di amor cortese per tornare a dedicarsi a una santa e giusta voglia di copula troglodita. Il che sarebbe accettabile, se non fosse che a queste donne dall'aspetto discinto e dissipato corrispondono ancora – spesso – inspiegabilmente – costumi sessuali alla Lucia Mondella: ed è il caos. Volano sberle che è una bellezza.

Al di là delle mode e dei tratti specifici di questo o quel modello, possiamo comunque dire che esistono quattro tipologie universali di mutanda:

1. La mutanda nuova
2. La mutanda seminuova
3. La mutanda vecchia
4. La mutanda inservibile

Tra il primo e l'ultimo stadio trascorrono in genere brevi, inutili mesi.

La mutanda nuova rotea beatamente sul manichino di Intimissimi. Roteano anche di notte, lente e unte come il kebab. Hanno un che di ipnotico, come gli incantatori di serpenti. Preda dell'ipnosi, entri nel negozio. Quanto costa la mutanda in vetrina? Sette euro. Dieci caffè, dài, che vuoi che sia? La mutanda comunque è un qualcosa che ti resta. Chiedi di provarla. La commessa fa puntualmente una faccia seccata, ti mostra la via del camerino e ti raccomanda di tenerti la tua biancheria addosso. Ti pinzi giù la tua mutanda e ti pinzi su la mutanda nuova, fai un giro su te stessa, ti vedi, ti piaci. È la tua.

Nel momento in cui arrivi a casa e scrolli il sacchettino di plastica sul letto, la mutanda è già passata misteriosamente al secondo stadio. Il tragitto da Intimissimi a casa pare ne abbia sbiadito i colori, allentato la consistenza, e già ti prefiguri la prima rovinosa uscita dalla lavatrice, tu china a raccogliere questa palletta strizzata, striminzita, patetica. Lavatrice che farai l'indomani mattina, perché la mutanda ti dura addosso poche ore e poi è già da lavare: si sa.

Per prolungare al massimo i benefici del secondo stadio, l'indomani decidi di rimandare la lavatrice, e di lavare il tuo gingillo a mano. Con la premura di una bambinaia prepari una tinozza di acqua tiepida con qualche lacrima di sapone, sciacquetti delicatamente con la manina, lasci la mutanda in ammollo, e dopo una mezzoretta la stendi con cura. Questa messa in scena dura al massimo un paio di settimane, dopodiché decidi che la vita è già complicata di suo e la schiaffi in lavatrice.

Dopo cinque lavatrici sei ufficialmente al terzo stadio. La mutanda è vecchia. La mutanda invecchia in maniera diversa a seconda del tipo: se è di fibra sbiadisce, se è di acrilico fa i pallini, se è di velo si slabbra, se è un tanga si deforma, se ha delle applicazioni si staccano, se è decorata si scrosta. Dopo un anno e mezzo ci puoi pulire lo specchio del bagno. Statisticamente, hai tra le mani un mutandone collassato taglia cinquantaquattro, o un perizoma col collo lungo quaranta centimetri, che se ti azzardassi a indossarlo ti troveresti in ufficio a sobbalzare sulla sedia e a strofinarti le cosce come se fossi stata morsa da una tarantola. Nella migliore delle ipotesi, se hai avuto la premura di fare lavaggi delicati, hai in mano una schifezza grigiolina senza né arte né parte, ancorché piacevolmente elastica. In quest'ultimo caso sei davanti a un bivio: o declassarla lo stesso a mutanda per pulire lo specchio del bagno, ma questo è un lusso che possono permettersi solo i ricchi, o declassarla saggiamente a mutanda mestruale.

La mutanda mestruale è quella cosa di cui ti vergogni e che prima o poi qualcuno vede, e per la quale ti devi giustificare.

No, ma è per le mestruazioni.

Non far caso alle mutande, ho le mestruazioni.

Queste sono le uniche frasi che ti vengono. Di fronte a qualcuno che ti sgama la mutanda mestruale, perdi il dono della dialettica.

Lo stadio di mutanda mestruale dura, per qualche baro motivo, più degli altri tre stadi messi assieme. Ogni trentenne ha un cassetto straripante di mutandazze pallliducce da indossare spensieratamente durante il ciclo, per un ammontare di circa cinquecento pezzi. Attenzione però, non tutte le mutande possono accedere allo stadio di mutanda mestruale: bisogna escludere i tanga, i perizoma, le brasiliane, perché lì l'assorbente non ha dove incollarsi e ti si incolla sistematicamente in culo. A questo proposito, vorrei invitare tutte le donne a interrogarsi sul perché si comprano mutande del genere. A che servono? A niente. Ti coprono? No. Ti scaldano? No. Sono sexy? Se ne può parlare. Ma tanto, una volta che ci siamo spogliate davanti al nostro amore, le mutande ci durano addosso sì e no trenta secondi, dopodiché vengono fiondate brutalmente dall'altra parte della stanza senza essere state degnate di uno sguardo. Se proprio avete deciso di comprare dell'intimo osé, vi consiglio a questo punto di essere radicali e andare sul filo interdentale, meno sadico, mentre con il tanga hai proprio un pezzo di coso, di tessuto che ti si arrotola nell'ano. Quali colpe devi espiare?

Mutanda e reggiseno coordinati sono da che mondo è mondo destinati ad andare costantemente spaiati, a meno che una non sia stata abbastanza saggia da comprare un reggiseno bianco o nero, nel qual caso riesci a cavartela senza dare nell'occhio, facendo abbinamenti più o meno intonati (altro grande classico, abbinare un reggiseno nero sfavillante con una mutanda che ormai tende al grigio topo). Se sei stata così stolta da comprare un reggiseno verde acqua con una scimmietta sulla spallina, sarà per te molto complicato accoppiarlo senza comunicare subliminalmente il messaggio: «Non ho avuto il tempo di fare una lavatrice».

Ma quello che bisogna assolutamente, assolutamente, assolutamente evitare è mettere reggiseno nero e mutanda bianca. Per l'uomo che vi ha spogliate diventa in quel caso molto difficile mantenere lo stesso livello di motivazione mentale alla vista di questa imperdonabile sciatteria (è pur vero che gli uomini riacquistano motivazione abbastanza facilmente). Un altro errore frequente è credere che le mutande di marca siano più durevoli delle mutande di Intimissimi. Per non essere querelata, vi invito alla prova. Personalmente ho nel cassetto diverse mutande da trenta euro l'una che sono precipitate al quarto stadio dopo poche lune. Esci dal negozio col portafogli svuotato, la cui leggerezza è controbilanciata da un sacchettino microscopico di peso nullo, contenente un triangolino impizzettato (un amore, ti ha rassicurato l'anziana commessa) che promette di durare una vita. No. Ti dura un mese come tutte le altre mutande, provare per credere, con l'unica differenza che, col pizzo, lo specchio non si pulisce bene.

Excursus: il culo

Dopo un lungo ragionamento, ho capito che il culo, sede privilegiata di cellulite e mutande, merita un breve paragrafo di approfondimento.

Il nostro di dietro ci rappresenta come la Regina rappresenta l'Inghilterra. Noi siamo il nostro culo, che Dio ce lo salvi. Tanto le signore di una volta si sentivano rappresentate dalla propria casa, quanto noi ci sentiamo rappresentate dal nostro corpo, di cui il culo è avamposto, portavoce, parà. Le donne passano la vita a stanarne i difetti, a lamentarsene, a ungerlo, a dare colpetti di scalpello per renderlo il più possibile adeguato alle aspettative, mentre il maschio, come al solito, di aspettative ne ha poche. Per il maschio il culo, proprio perché è un culo, non ha difetti: ha già realizzato ontologicamente la sua perfezione, è culo. O meglio, è sedere finché non attira la sua attenzione sessuale, dopodiché diventa culo, il che richiede in genere pochi secondi. Specialiste nel problematizzare anche ciò che è semplice, abbiamo comunque deciso di crucciarcene smisuratamente e dedicare buona parte della nostra vita a menarci le chiappe con inutili melme. O a coprirlo con goffe felpe legate in vita. O a tentare di sollevarne le sorti con originali mutandine da Carnevale di Rio.

La scienza ha tentato di spiegare, in maniera spesso insoddisfacente, perché gli uomini siano dediti all'idolatria delle natiche. Anni fa lessi un articolo di bassa lega nel quale si diceva che le chiappe sono concupite in quanto l'incavo tra l'una e l'altra ricorderebbe quello tra i seni. Perché allora gli idioti non vanno dritti sui seni, visto che sono lì a portata? Sarebbe l'unico esempio della Storia in cui il maschio procede per metafore. Altri luminari sostengono che l'ossessione per il lunotto posteriore risalga ai tempi della Preistoria, quando l'uomo si muoveva ancora a quattro zampe e copriva la sua femmina prendendola da terga, e per questo motivo, ancora oggi, la vista del culo riporterebbe alla memoria i momenti d'oro. Dunque, in quest'ottica, non è il culo a ricordare il seno, bensì il seno a ricordare il culo: le donne si sarebbero fatte crescere un culo ad altezza occhi per invogliare subliminalmente il maschio alla copula. Comunque sia, l'aspetto poco pratico della faccenda è che questo ambìto oggetto d'amore resta pur sempre il luogo deputato al soddisfacimento di bieche funzioni, tipo la cacca e le arie. La femmina è perciò costretta a sdoppiarsi come al solito: da una parte scoreggia e defeca come tutti gli esseri viventi, dall'altra non deve perdere mai di vista i significati simbolici di perfezione, beatificazione e fecondità di cui il fondoschiena è caricato. Risultato: ancheggia in pubblico e caca nell'ombra. È per questo che il culo ci rappresenta, simboleggia bene il nostro bino destino.

L'espressione *dare via il culo* esprime bene quell'atto di fiducia, di resa, di fatica, perché no, che porta in sé l'atto di concedere l'accesso dalla porta sul retro. Ma le minigonne inguinali, i bikini millimetrici, i jeans a vita bassa che lasciano intravedere scivolosi incavi, questi mezzucci tutti chiacchiere e distintivo poco in realtà hanno a che vedere con la data via di culo vera e propria. Donare sessualmente il fondoschiena è un atto di amore servile, simile a quello di Robert De Niro in *Casinò*, che lascia a Sharon Stone le chiavi della propria cassaforte. Significa creare un legame basato sulla fiducia, sull'amore, sulla speranza – un po' ingenuotta – di non essere inculati troppo impietosamente. Speranza giustamente tradita, perché, si sa, l'uomo che castiga a dovere la propria donna si guadagna in questo modo eterna memoria, e in certi casi anche una perversa riconoscenza.

Una peculiarità del culo è che, spesso e volentieri, esso vive sul corpo femminile una vita totalmente autonoma. Mentre il seno, la pelle, le cosce rispecchiano più o meno il generale stato di salute dell'organismo, il culo è una sorta di Repubblica di San Marino. Una donna può, ad esempio, essere del tutto priva di cellulite ma avere il culo devastato dalla buccia d'arancia. Ci sono culi grossi (Bossi direbbe culi ladroni) che stanno indebitamente attaccati a donne minutissime, le quali non riescono a scalfirne la portata nemmeno con diete da fame. O ancora, si vedono ragazze perfettamente atletiche e scattanti che hanno inspiegabilmente un culo sproporzionato, cascante, molliccio.

Ma il maschio d'uomo, che comunque tra le specie animali non spicca certo per intransigenza, mostra per il culo una clemenza quasi religiosa, un'umanità direi commovente, e sorvola con benevolenza su tutte le sue imperferzioni. Questo non significa che egli manchi di canoni estetici di riferimento, significa solo che comprende, e ci perdona, l'umana finitezza del nostro deretano, ben più di quanto noi stesse siamo disposte a fare. Di contro, la gamma di paranoie che lascia annidare tra le natiche lascia di stucco i più arditi matematici. Qui di seguito, un non esaustivo catalogo delle paturnie più in voga.

Culo a mandolino. Come gli ufo: forse esiste, qualcuno dichiara di averne visti un paio, ma sono tutte voci di corridoio. Fatto sta che il culo a mandolino è il top, l'idolo inarrivabile. Non essendocene in giro praticamente nessuno, esiste soltanto il suo negativo, ossia ciò che mandolino non è. Una prima paranoia ragionevole che potete farvi, quindi, è quella di *non* avere il culo a mandolino.

Culo basso. Quando stavo alle scuole medie troneggiava su tutti gli autobus la pubblicità di uno slip, il cui titolo diceva: «Culo basso, bye bye!». Le strade erano ingorgate da culi giganti fasciati in minute mutandine bianche, che rendevano il traffico molto metafisico. L'onnipresente chiappone sei metri per tre mi fece interrogare sulla natura del mio fondoschiena: mi torcevo davanti allo specchio cercando di capire se fosse alto o basso. Sono rimasta col dubbio fino ai diciannove anni, quando Giulio mi ha detto che il mio non rientrava in nessuna delle due categorie, essendo semplicemente un *culo aggettante*.

Culo aggettante. Dato il piano cartesiano xy, dove y è l'asse verticale che taglia longitudinalmente la femmina messa di profilo, si definisce normale il culo $x>1$ e $x<9$, mentre è detto aggettante il culo $x>10$. Di solito le donne lo chiamano imprecisamente «culo grosso», ma il vero culo grosso è quello che segue.

Culo grosso. Mentre il culo precedente era aggettante sul piano sagittale, questo è aggettante sul piano frontale. In parole povere, non si giudica mettendo la femmina di profilo, ma mettendola di fronte. È il culone per antonomasia. Démodé, però ha dato molte soddisfazioni, soprattutto negli anni Sessanta: è un classicone. Come direbbe Flaiano: «Fa venire in mente le lavandaie».

Culo piatto. Scende, si appende. Nel baratro della notte. Ha una caratteristica forma a lacrima, con il gluteo che si appoggia alla coscia. Un vero peccato. Siete autorizzate ad andare in paranoia, perché è una situazione senza ritorno. Alcune ingenue pensano di risolverla con un po' di tacco, che incurva ad artifizio la schiena, ma prima o poi le scarpe bisogna toglierle, e così ci si ritrova da capo a dodici. E comunque, la schiena incurvata non convince, perché in Natura non esiste. Quando uno vede una schiena incurvata, pensa subito: o sono i tacchi, o è lordosi.

Culo brufoloso. Ci sono alcune ragazze che, anziché accumulare i brufoli in faccia, li accumulano sulle chiappe. Ci sono poi delle sfortunate che li accumulano sia in faccia sia sulle chiappe. Diciamo che culo e faccia sono in molti casi intercambiabili (regola universalmente valida). Solo che spremersi i brufoli sul culo è molto più complicato, quindi dovreste trovare un'amica che ve li sprema per voi. I miei complimentoni se la trovate.

Culo a budino. La giusta consistenza della natica è una questione soggettiva, di gusto personale. *A budino* è quella natica tremula, molle, danzereccia, che capta il moto perpetuo della Madre Terra e lo trasforma in energia pulita e pronta all'uso. Trattasi di esemplare rispettabilissimo, con un che di onesto, o di rustico, volendo. Esattamente come il budino, o lo ami, o ti fa schifo.

Culo a paperette. Il mio amico Salvatore dice che il culo della sua ex-ragazza faceva *le paperette* ai lati, in riferimento al surplus di lardo che viene fuori quando si cammina. Non so quale sia il collegamento logico tra gli accumuli di adipe e i pennuti, fatto sta che i cuscinetti in movimento hanno un che di goffo, un che di stagnante, perciò trovo *le paperette* una definizione semplicemente perfetta. Aggiungo che Salvatore ricorda con infinita nostalgia suddette papere, quindi, donne dal culo palmato, tirate un sospiro di sollievo e rilassatevi: ogni culo ha il suo destinatario.

Depilazione

Entrare per la prima volta in un centro estetico è come la prima pera. Pensi di poterne uscire facilmente, in realtà è una pia illusione. Dal tunnel dell'estetica non uscirai mai più, se non attraverso una comunità di recupero apposita, che incidentalmente non esiste. Le signorine scosciate e mesciate – i pusher – ti daranno sempre nuovi motivi per continuare a tornarci: dimagrire, depilare, snellire, truccare, depurare, abbronzare, rilassare, controllare, emendare, sudare, schiarire, levigare, prevenire, contrastare, rassodare (la lista potrebbe proseguire fino a raddoppiare la mole di questo libro). Nel mio caso, non dovevano neanche inventarsi chissà quale trattamento: gli bastò lanciare un urletto di disgusto, che sgorgò peraltro naturale, alla vista del mio stinco peloso. In un attimo, alacremente munite di strisce e pinzette, si avventarono come uno sciame intorno al mio corpo paralizzato sul lettino, e mentre una sfoltiva lo stinco l'altra si dedicava all'assottigliamento delle sopracciglia. Quando mi guardai allo specchio notai che non avevo più sopracciglia, sembravo il cantante dei Vernice. L'altra mi accarezzò il braccio ed esclamò: «Ora sembra la pelle di un neonato!».

Riuscirono così a convertirmi alla ceretta e a farmi abbandonare per sempre l'economico e fidato rasoio, compagno di tutta una vita.

Se siete amanti della fantascienza, sarete molto contenti, ora, di ascoltare questa storiella kafkiana.

Alcuni giorni fa entro in un beauty center (ormai sono assolutamente una tossica, devo farmi la mia dose di beauty center almeno una volta ogni due settimane). Salve, salve. L'uomo over thirty dietro il banco, dall'aspetto da ex-macellaio, o ex-droghiere, di quelli che fino a ieri ti hanno venduto il formaggio stagionato e ignorante, mi chiede se ho un appuntamento:

«No. Mi devo solo togliere il baffo: roba di cinque minuti, e se c'è da aspettare, aspetto».

«Prego, prego, si accomodi».

«Senta, senta», gli dico, «l'altra volta che sono venuta mi avete fatto provare gratis una cera particolare... Una resina verde...».

«Ah, la resina!», mi interrompe l'uomo, interpretando subito i miei desideri.

«Sì, la resina. Ecco, vorrei fare quella, vorrei sbaffarmi con quella. Ché se non mi sbaglio ritarda un po' la crescita, no?».

«Certo, certo, si accomodi», mi dice il paggio con la faccia da ortolano.

«Mi può dire quanto viene?».

«Certo, si accomodi, prego», ripete quello.

Nessuna risposta. Mi accomodo. Divanetti confortevoli e musica di Sade (la cantante nera) nel suo periodo strappa-mutande. Accanto a me c'è una ragazza vestita come una bomboniera di battesimo, tutta rosa: gonna, calze, scarpe. Tiene aperto sulle ginocchia un libro rilegato, noioso già nell'aspetto. Non parla, pigola: e pigolando racconta all'uomo sedutole accanto che lei scrive, scrive da sempre («ah, scrivere!») e adesso fa la terza superiore, e poi legge, ah, se legge, mentre l'uomo, che è un giornalista de «Il Messaggero» dall'aria consunta e disperata, si massaggia la faccia e le fa domande distratte, a caso. Io tamburello nervosamente le dita in attesa che dal reparto ortofrutta mi dicano quanto costa la sbaffata di resina. Nessuna nuova.

Compare una polacca smagliante che preleva il confettino di ragazza. Dopo un attimo compare una brunetta glaucopide: mi dice che possiamo accomodarci. In realtà io aspettavo di sapere quanto costava la cosa, ma fa niente, quanto vorrà essere? Quattro euro? Cinque euro? Sei? Dài. Scendiamo giù negli inferi del benessere: odore di ciclamino e musica d'arpa. La glaucopide mi prepara il lettino e dice di stendermi. Io dico: «Ma va', per un baffo». «Ma no, si stenda, si stenda». Mi stendo. L'ancella scompare e riappare spingendo un carrello su cui è poggiato un calderone di rame che trasuda cera verde. Con una spatola mi passa la cera calda sul baffo e tira. Dall'altra parte, e tira. Un'altra passata, va'. E tira. Un'altra passatina e basta. Tira. Mi guarda i baffi con neon e lente di ingrandimento: ce n'è ancora qualcuno, e mi costringe ad altre passate, una di qua, e una di là. Spazientita, dico che va bene così, d'altra parte non devo farmi baciare da nessuno. La glauca mi raccomanda di rimettermi in posizione eretta mooolto lentamente, così non avrò giramenti di testa. Ho il dubbio di aver sbagliato porta, di essere entrata in una casa di cura anziché in un beauty center, e con aria enigmatica mi rimetto addosso la mia giacca.

Mentre risaliamo su per le scale, mi dice che se vado un attimo con lei nell'ufficio mi mostra la promozione del mese. E ok. Ci accomodiamo a una scrivania e lei mi tira una pippa di svariati minuti sulle *sedute di luce pulsante*: che, se abbinate alla *resina*, ritardano la crescita del pelo fino... a un mese! Ehi, questa sì che è una notizia. Cinque sedute a soli duecentonovantanove euro, pensa che culo. Ringrazio cordialmente ma ops, si è fatta una certa, ora devo proprio andare. Torno all'ingresso ed estraggo dieci euro dal portafoglio, temendo che ce li lascerò tutti, stupida io che non ho chiesto prima. Il paggio consulta il listino, poi, con fare carbonaro, si sporge verso di me e mi mostra l'importo stampato. Sessanta euro, c'è scritto. Sollevo gli occhi dal foglio e gli sfodero il più allegro dei miei sorrisi: mi stai coglionando, simpaticone. Per lei trenta, bisbiglia, strappandosi una smorfia bonaria. No, non ci siamo capiti. Io mi sono tolta il baffo, ok? E non ho i baffi di Dalì, ho due peletti. Centoventimila lire per il baffo no. Not possible. Ti arrestano come minimo. Eh, fa lui, scuotendo la testa, ma questo d'altra parte è un trattamento molto particolare, non è cera. Così dicendo, mi sfila delicatamente il bancomat dalle mani.

Questa piccola favoletta esopica ha una morale: LA GENTE. È. IMPAZZITA. Quello che io penso della ceretta fa esattamente il paio con quello che penso sulla cellulite: il 98% delle donne ha i peli superflui, non avrebbe più senso che quel 2% di inuit si andasse a far, diciamo, fottere? Questa è matematica, signori. E invece no. Tre miliardi e mezzo di femmine devono sottoporsi alle più brutali torture coscee per il piacere di un dio cinico e baro, il Dio dei peli.

Si entra nel tunnel della depilazione così, per provare, un po' come l'ero. Hai tredici anni e, accompagnando qualche amica o sorella al supermercato, le vedi poggiare sulla cassa la ceretta. Ti rimbocchi i pantaloni e ti scruti attentamente dalla caviglia al ginocchio: vai. Rasoio e sapone. La differenza non si vede subito. Si nota qualche giorno dopo, quando i peli sono ricresciuti il doppio.

Passi alla ceretta: scopri che depilarsi gambe, cosce, inguine, braccia, ascelle, baffi e sopracciglia, tutto insieme, sfiora i cento euro. E tra l'altro fa un male porco. Il risultato dura un paio di settimane, che, stando alle statistiche, equivale a tre-quattro scopatine se la coppia è rodata, ma anche meno. Scopatine che tra l'altro avverrebbero pure se voi aveste i peli, per cui, donne, fate i vostri conti. Provi allora quell'altro strumento di tortura medievale che si chiama silk-épil (pelo torto ed estratto, anziché strattonato). Ululi di dolore. Tornare al rasoio ti farebbe diventare un australopiteco nel giro di una settimana, quindi provi la crema depilatoria. Diventi ugualmente un australopiteco, però più povero, perché un tubetto di crema costa quanto quaranta rasoi. La decolorazione sembrerebbe essere la strada: facile, economica, indolore. Lavora lentamente, come un gremlin, finché una mattina non ti guardi allo specchio e scopri che la mutazione genetica è compiuta: la tua peluria è diventata un'omogenea pelliccia di foca.

Come se ciò non bastasse, levarsi i peli fa anche male alla salute, visto che il silk incarnisce i peli sottopelle e la ceretta fa venire le vene varicose e danneggia le ghiandole linfatiche. E inoltre ti porta a levartene sempre di più, sempre di più, mangiandoti lentamente la vita. Dopo cosce e gambe vuoi farti anche le braccia, ma a quel punto i peli della pancia risaltano, e una volta che hai tolto anche quelli, beh, tanto vale fare una passatina anche sulla schiena, finché non sei completamente glabra come un pollo di macelleria.

Manca solo l'inguine. Depilarselo è una pratica dolorosa quanto un parto, con la differenza che avviene ogni due settimane. Quando l'estetista mi chiede quanto voglio sgambare mi sento sempre in leggera difficoltà. Comincio a tirare impacciata l'elastico delle mutande come a dire boh, faccia lei, curandomi di non scoprirmi tutta, perché esiste questo patto non scritto per cui l'estetista non deve mai vederti la passera. Si giri, si alzi, ecco, brava, così. Apro le cosce in verticale, in sforbiciata, in varie altre posture innaturali, mentre l'estetista strappa, e io urlo. «Va bene così?», chiede sadica lei. Era decisamente meglio prima. Ma il Pelo è il Male, quindi le dico che va bene, anzi, può sgambare leggermente di più? Grazie.

Passati questi tormenti arriva la ricrescita, più in differita della voce di Ghezzi. Quando hai un po' di vistosi peli sulla gamba non ce li hai *tutti*. Se ti fai togliere quei pochi, i nuovi peli sottopelle ricresceranno, e dopo una settimana ne avrai di nuovo *un po'*, ma non *tutti*. L'unica è stringere i denti e aspettare che ricrescano *tutti*, ma proprio *tutti*, e a fine mese fare il tuo ingresso trionfale dall'estetista. Solo che avrai, sì, *tutti* i peli delle gambe, ma solo *alcuni* peli delle cosce. Che fare? Aspetti che ti ricrescano *tutti* i peli delle gambe e *tutti* i peli delle cosce? Sì. Il che significa andare in giro mediamente pelosa per due mesi e mezzo. Per ricompensarti di questa faticaccia prenoti un maxi appuntamento estetistico dove ti compiaci nel veder volare via quintali di pelliccia, e quando ti alzi ti senti un'altra. Solo che i peli della coscia crescono comunque più lenti, quindi dopo tre settimane ne avrai *parecchi* sulle gambe e *pochi* sulle cosce. Non se ne esce. Ti arrendi, cerchi il numero di quell'estetista brunetta. Duecentonovantanove euro per cinque sedute di luce pulsante, in fondo, sono un affare.

Parrucchiere

Dagli zero ai sei anni ho portato solo ed esclusivamente capelli *alla maschietta*. Questa era la gioiosa definizione scelta da mia madre per un orribile taglio amorfo da due centimetri, che mi condannò per tutta l'infanzia al tormentone *Ciao bimbo*. In prima elementare decisi che era ora di piantarla con questa buffonata e comunicai alla mia famiglia che mi sarei fatta crescere i capelli lunghi, poi, loro, pensassero un po' quello che volevano pensare. Mia madre si mostrò timidamente aperta a trattative, mio padre invece si oppose decisamente. Si crearono allora tre fazioni, un centro-destra democratico capeggiato da mia madre, un'ala conservatrice, cioè mio padre, e un partito radicale, io, che auspicava l'avvento di una capigliatura alla Federica Panicucci. Vinsero i radicali. Si sa, però, che se non si ottiene un po' di appoggio da parte dell'opposizione, le riforme non funzionano e poi, alla lunga, il governo cade. Dal 1988 al 1992 sul mio cranio si è sviluppata una selva dantesca dimenticata da Dio sulla quale hanno proliferato radici, animali e microclimi rinnegati dal Wwf. Mia madre ha coniato una tiritera circolare che si ripeteva ogni mattina, a tema: quanto sei brutta con quei capelli in disordine. Il concetto è stato ribadito con così tanta petulanza che tutta la famiglia imparò a memoria lo stornello. Casa mia diventò sede di zii aedi e nonne alla cetra che mi si mettevano alle calcagna per ricordarmi quanto mi stessero male quei capelli da strega. Certo, avevo i capelli da strega: la mia non era vergogna, era orgoglio consapevole. La sera non mi scioglievo volutamente le trecce di modo che la mattina dopo potessi andare a scuola scuotendo sulla schiena due massicce, splendide liane di Tarzan. Quando mamma tentava di tagliarmi la frangetta io mi dimenavo come un'ossessa, dando vita a capolavori sbilenchi di astrattismo. Gli umilianti cerchietti infiocchettati con cui cercavano di addomesticare la mia criniera finivano puntualmente lanciati al gatto mio complice, che a colpetti di zampa li mandava dritti sotto la lavastoviglie o dietro qualche armadio.

Unico elemento di serio disturbo, quella moda anni Ottanta di fare il codino alto laterale: a quello non potevo sottrarmi. Prima di ogni festa di compleanno mia madre mi agguantava e mi tirava i capelli davanti allo specchio facendomi questo spazzolone da cesso alare, di una bruttezza pirotecnica, che per giunta mi provocava mal di testa atroci. E non si limitava a usare semplici elastici: no, usava caramelle di plastica, teste di orsetto, dadi da gioco, pippi, minni, paperini e tutte le idiozie che si trovavano nei supermercati in quegli anni, che, finendo nei miei capelli vermicolanti, rendevano la mia testa una specie di parco tematico. La perfetta rispondenza tra la mia lussureggiante chioma e la mia identità di donna fu ufficializzata il giorno in cui il bidello, per chiamarmi nei corridoi, mi apostrofò: *ehi, tu con i capelli*, cosa di cui mi bullai a lungo.

Arrivai felice e soddisfatta in quinta elementare. Mia madre temeva che con quei capelli avrei compromesso la mia valutazione in sede d'esame, e io, impietosita dalla sua demenza precoce, il giorno prima dello scritto accettai di andare dal parrucchiere per una spuntatina, in via del tutto (ma del tutto!) eccezionale. Dopo lo shampoo (alla shampista rimase incastrato il pettine in mano), mi fecero accomodare sulla poltroncina girevole. Mia madre mi guardava raggiante, manco mi stessi laureando. Il coiffeur per prima cosa mi spettinò, con fare disinvolto. Poi tirò una ciocca verso di sé e si sentì prima *tac*, poi un tonfo sordo, *pum*. Guardai sul pavimento, dove un mazzetto di capelli bruni, ancora palpitanti, era sparso sulla terra negra. Incrociai il coglione nello specchio, che devo aver guardato con una faccia assassina tipo *Scream*. Il coiffeur scaricò il peso su una coscia e con le forbici a mezz'aria mi chiese cosa c'era che non andava. Cosa c'era? Ma si era bevuto il cervello? C'era che mi aveva fatto fuori trenta centimetri di capelli! Cominciai a tarantolare come un'indemoniata sulla mia poltroncina girevole, imbavagliata in questo coso, in questo bavaglione di plastica, mentre mia madre e la shampista si avventarono su di me per tenermi buona.

Mi alzai dalla sedia elettrica un quarto d'ora dopo, dandomi tristi colpetti sulla felpa. Mi guardai riflessa: sembravo un esperimento transgenico tra Orietta Berti e Ombretta Colli. *Stai benissimo*, mi assicurò mia madre, ma persino lei sembrava poco convinta. Avevo un caschetto corto e vaporoso all'altezza delle orecchie, con una fetta di cocco in cima che mi cascava sull'occhio. Sembravo una mongoloide. Il giorno dopo passai le quattro ore del compito di italiano a scuotere la testa di continuo, con insofferenza. Dopo aver consegnato il tema andai dritta a casa a mettere la testa sotto l'acqua, usurpai il gel di mio padre e mi ci unsi la testa, spingendomi con cura i capelli indietro. Ora sembravo Brigitte Nielsen. Però col corpo della gnoma dei formaggini Susanna. Un mostro.

Ridendo e scherzando (si fa per dire) arrivai in prima media, dove il mio look da demente si arricchì di nuovi elementi: l'apparecchio dentale e gli occhiali di Puffetta. Gli apparecchi dentali me li sono fatti tutti, fisso, mobile e infine *a baffo* (quello *a baffo* aveva una morsa da cavallo che si agganciava in bocca e arrivava dietro la nuca. Successivamente fu integrato con una cuffietta da calzare in testa, che mi dava quel tocco da figlia di Frankenstein). Oltre ad essere mostruosa, parlavo come Paperino, sputacchiando a destra e sinistra. Mia madre, che non saprei dire se ci capisca di più di moda o di astrofisica (forse di astrofisica), mise a frutto le sue sapienti arti stilistiche per rinnovare il mio guardaroba e renderlo adeguato alle nuove prospettive di emarginazione sociale. Pantaloni rosa a fiori, gilet di lana, camicie col colletto merlettato (infilate nei pantaloni), bretelle alla Jovanotti. Ok, ora ero pronta per farmi nuovi amici. Ovviamente, in questa catastrofe, il modo in cui portavo i capelli era diventato un dettaglio di nessun conto.

Finito il medioevo della mia vita, ricominciai a pormi il problema del parrucchiere: ero finalmente in quarto ginnasio, avevo tolto l'apparecchio e avevo scoperto le gioie delle lenti a contatto, proprio come in quei film americani in cui la racchia di turno si epifanizza improvvisamente nelle vesti di bella figliola. La mia situazione capillare era nel frattempo tornata allo stato Tu Tarzan Io Jane, una tenda di nodi senza capo né coda. Ogni tanto mi pinzavo via degli oggetti che ci erano rimasti impigliati dentro, pezzetti di dentifricio, un bottone, una volta, addirittura, un fusillo al pesto. Decisi che ormai ero fatta signorina, dovevo darmi una sistemata, perciò tornai dal parrucchiere (un altro) e li tagliai di nuovo cortissimi, come ce li avevo all'asilo. Vissi una seconda fanciullezza fino al terzo superiore.

Io ho questa teoria: l'infanzia del capello finisce quando cominci a colorartelo. Cosa che nel mio caso accadde a sedici anni, con l'iniziazione all'henné. Mi stava bene. Poi peccai di hybris e provai una delle tinte del supermercato. Sulla scatola stava scritto rosso rame, nei fatti fu arancione hare krishna. Tornai dal parrucchiere in lacrime e gli chiesi di aggiustarmi quel colore orrendo. Lasciando di stucco perfino se stesso, riuscì a trovarne uno ancora più orrendo, una specie di rame tendente alla ruggine, che, con la capigliatura a scodella che mi aveva fatto, faceva della mia testa un perfetto tegame da buttare. Si sa che tutte le sedute di colore che una donna fa nella vita si configurano come tentativi di rimediare al colore precedente. Con il primo colore inizia una catena che non si può più spezzare: cominci a inanellare un errore marchiano dopo l'altro, con risultati esponenzialmente grotteschi, fino al giorno in cui esci dal parrucchiere con un colore oggettivamente atroce, che nel mio caso era rosso con le mèche blu elettrico (giuro sul mio onore).

Il guinness del raccapriccio l'ho raggiunto a diciassette anni. Stanca di andare da una tonalità di rosso sbagliata a un'altra, ho detto: vabbè, facciamoli viola e chi si è visto si è visto. Tralasciando la questione di quanto potessero starmi male i capelli viola da uno a dieci (risposta facile), il punto è che il viola, scolorendo, nel giro di un mese diventò biondo platino, che, con la ricrescita nera, mi rese pronta per la trasferta della Juve.

A diciott'anni decisi che la mia vita aveva bisogno di un'ulteriore complicazione, ed entrai dritta nel tunnel della permanente. La permanente ha un vantaggio: puoi smettere di pettinarti. Siccome io non mi sono mai pettinata, nel mio caso non ha portato vantaggi. Poi ha una trafila di svantaggi. Uno: puzza. Due: costa un occhio della testa. Tre: rovina i capelli. Quattro: ti costringe tre ore con la stagnola in testa. Cinque: richiede un sacco di prodotti di mantenimento, che costano. Sei: scolorisce i capelli, quindi ci devi spendere anche i soldi per il colore. Che a sua volta. Uno: puzza. Due: costa un occhio della testa. Tre: rovina i capelli. Quattro: ti costringe tre ore con la stagnola in testa. Cinque: scolorisce comunque. Senza contare che, dopo che hai fatto la permanente, i capelli ricrescono lisci, quindi devi volumizzare le radici in continuazione, il che significa rovinarle, impuzzonirle e spenderci altri soldi sopra. Sono giunta alla conclusione che diventare tossicodipendenti ha meno effetti collaterali, e soprattutto costa meno. Per non dire che se ne esce più facilmente.

Grazie a Dio, ho scampato per un pelo la moda dei capelli cotonati: quando sono entrata nella pubertà era appena finita. Se sfoglio gli album di foto dell'epoca sembra di sfogliare l'album di figurine degli Sgorbions. I capelli aperti a ventaglio, tipo donna di Klimt, già di per sé osceni, associati a strass, lucchini e spalle da hooligan diventano incatalogabili. Ricordo che mia madre si sparava in testa una bomboletta di lacca alla volta, dopo ogni shampoo. Il buco dell'ozono non l'hanno fatto le auto, l'ha fatto mia madre negli anni Ottanta.

Un'altra pagina insanguinata della Storia dell'uomo è quell'infausta parentesi del frisé. Per fortuna anche il frisé l'ho preso solo di striscio. Avevo all'incirca dodici anni quando esplose la mania di rendere i capelli a tutti i costi simili alle tripoline, quelle che di solito si fanno con pomodoro e vongole. Ricordo lunghe sessioni a casa delle mie compagne, in tre o in quattro, a frisarci a vicenda con l'apposito macchinario. In quel periodo anche i capelli delle Barbie erano frisé, e ora che ci penso anche le patate surgelate. Insomma, un'epidemia. Improvvisamente tutto assunse quest'andatura ondivaga, io stessa camminavo storta. Il frisé in natura non esiste: si può ottenere solo con l'apposita piastra, che costa un accidente e dopo un mese finisce a prendere polvere sullo scaffale insieme a diffusore, bigodini, spazzola elettrica arroventabile e tutti gli altri aggeggi che abbiamo comprato dietro indicazione di quell'essere abietto chiamato parrucchiere.

Con un gioco di prestigio il parrucchiere sfrega il costoso prodotto-del-caso sulla ciocca di capelli e ci fa credere che, se lo compreremo, potremo avere degli splendidi capelli comodamente da casa. Ovviamente è una bufala, ma la volta dopo, come sotto ipnosi, ci caschi di nuovo. Arrivata a trent'anni hai accumulato in bagno una quantità di intrugli degni dell'antro di una strega. Tra i prodotti che sono riuscita a farmi rifilare (spume, gel spray, impacchi nutritivi, balsami a risciacquo, oli, oil-non-oil, mascara colorati, spray schiarenti, fiale setificanti, schermi solari, shampoo restitutivi, pomatine per il ritocco finale delle punte, insomma: uno schiaffo alla povertà) il più idiota è una *crema contro il vento*. Partendo dal presupposto, falso, che il vento danneggia i capelli, tu ti spargi sulla fluente chioma questo fluido leggero e impalpabile e i tuoi capelli resteranno protetti dalle invidie di Eolo. Peccato però che quando esci dal parrucchiere trovi sistematicamente una pioggia torrenziale. Ti costringi allora a camminare rasente i muri e a zampettare con una busta in testa per non rovinare tutto, così che la tua andatura demenziale obnubili totalmente lo charme della nuova acconciatura. Ammesso che ce ne sia mai stato alcuno, e la risposta, inutile nascondercelo, è no.

Sto diventando grande
(lo sai che non mi va)

Cristian

A diciannove anni mi si presentò l'occasione di fuggire da Foggia: continuare gli studi altrove. Questo mi precludeva di fare quello che avrei sempre voluto, cioè niente. Ma cambiare aria era la priorità assoluta, per cui ero disposta a tutto.

Scegliere la facoltà universitaria è un'impresa ardua, alla quale partecipano amici e parenti. Per quanto mi riguarda, i quesiti che mi ero posta erano: posso farcela? (Domanda che escludeva automaticamente matematica, fisica, ingegneria, chimica, architettura, informatica, medicina, lettere antiche, economia... riducendo la scelta alla sola scienze della comunicazione), e poi: qual è il tasso di ragazzi gnocchi iscritti in questa facoltà? (Domanda che escludeva automaticamente matematica, fisica, ingegneria, chimica, architettura, informatica, medicina, lettere antiche, economia... riducendo la scelta alla sola scienze della comunicazione). E: quante canne ci si possono fare in facoltà? (Domanda che escludeva automaticamente matematica, fisica, ingegneria, chimica, architettura, informatica, medicina, lettere antiche, economia... riducendo la scelta alla sola scienze della comunicazione).

Quando si dibatte con i genitori sulla scelta dell'Università, invece, le regole cambiano. E non pensiate che al posto di canne e di gnocchi si debba parlare di sbocchi nel mondo del lavoro, no, no. La parola d'ordine è semplicemente *numero chiuso*. Numero chiuso li arrapa. Numero chiuso è la zanzariera azzurrognola sulla quale tutte le mamme vanno a bruciarsi le ali in picchiata, brzzz. Non importa di che facoltà si tratti, l'importante è che sia difficile ...cilissimo entrarvi.

«Vuoi provare il test d'ingresso in questa scuola?», disse mia madre con un lampo negli occhi, «È un'accademia privata, molto prestigiosa. *A numero chiuso*», aggiunse, oleosamente.

Ero certa di non passarlo, quindi perché opporsi: «Ok!», squittii falsa.

A bordo di un treno sgangherato arrivammo a Milano, sede della scuola in questione. La mia esaminatrice ci accolse stringendoci la mano: era una donna bionda e loquace. Fui messa davanti al mio foglio. Con grande disinvoltura, disposi le crocette in colonna secondo i criteri dell'enalotto. La signora ci portò dunque a fare un giro per la scuola, estremamente rapido e sommario, come per dire: insomma, questa è, però non vorrei farvela vedere troppo, non vorrei che vi appassionaste troppo, poi magari la ragazza non viene presa. Mia madre si guardava intorno con occhi commossi.

Pochi giorni dopo – intanto eravamo tornate a Foggia – ci comunicarono l'infausta notizia: ero passata. Mia madre chiuse il telefono e mi venne incontro sbattendo i tacchi in aria. Mi misi la testa fra le mani. L'idea di vivere a Milano mi faceva schifo, per non parlare dell'idea di frequentare una scuola privata. Ma la frittata era fatta, quindi a quel punto non restava che trovare una casa dove farsi le canne.

Ero china sul giornale degli annunci, intenta a fare cerchi, quando mia madre arrivò con passo felpato alle mie spalle. Con gesto fluido da prestigiatrice, fece comparire dal nulla un opuscoletto:

«Cos'è?».

«Mah, niente, un convitto...», rispose vaga lei. «Visto che vai a studiare fuori, stavo pensando che... Qui almeno ti danno da mangiare... E ti rifanno la stanza...».

Puzzava di bidone a un miglio.

«Cos'è questo posto dove mi vuoi mandare?», le chiesi sfilandomi gli occhiali, pacata.

«Istituto Cattolico al Servizio della Giovine Fanciulla», rispose, facendo finta di leggere dall'opuscolo.

Era la «i» di «giovine» a farmi propendere per il no secco, le spiegai. Mia madre insistette.

«No», risposi, bruta.

Dopo mesi di dibattito, pur di farla finita, bevvi l'amaro calice dell'Istituto Cattolico al Servizio della Giovine Fanciulla, in prova per un anno, e mi trascinai con le valigie davanti al portone delle suorette. Il portone mi fu aperto con un *eeeeek*, e sulla soglia comparve Igor di *Frankenstein Jr.* in versione cattolica. Non era nemmeno una suora, al massimo un suoro. Non portava il velo, camminava a gambe larghe e brontolava. Si caricò addosso la mia valigia, se la sgroppò al trotto su per le scale e me la sbatté in camera.

In camera feci la conoscenza di Matilde, capelli corti. Come avrei scoperto di lì a breve, Matilde capelli corti passava le sue focolaresche seratine chiusa in camera (mia) a confezionare pensierini del tutto inutili e non richiesti per le altre ragazze del convitto: infilava braccialetti, collanine, faceva lavoretti di cartografica e puttanatine di varia foggia. Tutti la adoravano, Matilde di qua, Matilde di là. Mentre a me nessuno mi si inculava. In compenso ogni ora c'era qualcuno che faceva capolino nella nostra stanza per fare un salutino a Matilde. Decisi sin dal primo istante di dissociarmi da questa assurda pantomima, e me ne andavo di continuo sbattendo la porta: quando rientravo, la nanetta del bosco era ancora lì che trapuntava canterellando il suo tombolo. Era un incubo. La mia missione, decisi, sarebbe stata sbarazzarmi di lei, sulla scorta di un'ampia e illustre tradizione cinematografica.

La struttura del convitto, devo dire, si prestava ottimamente allo scopo. Le suore passavano tutta la giornata in cappella a pregare, perciò se avevi qualche rimostranza, tipo non ti funzionava l'acqua calda, non c'era nessuno con cui protestare, perché disturbare le suore in preghiera era vietatissimo.

Una sera rientrai in camera e dissi a Matilde che la ragazza biondina al primo piano mi aveva detto di dirle che suor Paola la stava cercando. «Ah!», esclamò Matilde, lasciando cadere all'istante le perline. Si alzò e imbroccò velocemente la porta. Io mi stesi di schiena a gustare la migliore delle sigarette, in attesa che Matilde fosse sbattuta fuori dalla cappella. Ovviamente, che ve lo dico a fare, non esisteva nessuna ragazza biondina al primo piano. Aspirai il veleno con voluttà. Dopo pochi minuti Matilde rientrò in camera dicendo che suor Paola era in preghiera. L'idea di fare irruzione nella cappella non l'aveva evidentemente neanche sfiorata.

Passai al piano B. La messa domenicale. Andare alla messa domenicale era obbligatorio. Se per qualche ragione non ti facevi viva per l'eucarestia, un drappello di trenta suore stizzite ti si sarebbe rivoltato contro trattandoti come la pecora nera del mondo. Alle dieci di domenica mattina invocai il nome di Matilde da sotto le coperte, fingendo di avere dolori lancinanti, e le chiesi di andare a comprarmi qualcosa in farmacia (prima di trovare una farmacia di turno si sarebbe persa la messa, eh eh). Matilde mi tastò la pancia per capire dove mi faceva male. Lì, lì!, mugugnai, ipocrita. Mi guardò greve e afferrò il cappotto: non preoccuparti, disse. A quel punto non mi restò che rovesciare la testa sul guanciale, bum. Matilde si precipitò fuori.

Dopo dieci minuti, le mani annodate in grembo, le gote rosate di fard, feci il mio virginale ingresso alla santa messa, pronta a sbugiardare l'assenza di Matilde. Le suore si voltarono in blocco verso di me. «Stai meglio?», mi chiesero le ragazze, pat pat. Matilde, alzando la testa dal suo inginocchiatoio, mi disse che stava pregando per me, e infatti, he!, aveva funzionato.

Il piano C.

Però prima di illustrarvi il piano C è necessario introdurvi nel clima di terrore militare che vigeva al convitto delle suoricelle. Le uscite erano sorvegliate da una suora-portiera che si assicurava che le fanciulle fossero decentemente vestite prima di varcare la soglia. Non si poteva rientrare dopo le dieci di sera, altrimenti restavi all'addiaccio. Non si poteva lasciare la camera in disordine perché le sorelle facevano incursioni a sorpresa. Le amiche portate da fuori erano mal tollerate. Gli amici maschi vietati. I fidanzati, ah ah ah.

A quel tempo avevo un impiccio con tale Cristian, bellimbusto di un metro e novanta, pallido, snello, barba arruffata, una cascata di dreadlock fino alla schiena, occhi verdi, fumatore accanito, voce baritonale, uno sballo. Io, che all'epoca non ero ancora una gran bevitrice, fui completamente tirata dentro il giro dell'alcool, di cui Cristian era esponente onorario. Con lui ero ciucca dalla mattina alla sera. I miei rientri al convitto erano barcollamenti, sorrisoni alle suore, aggrappamenti lungo il passamano, inciampamenti, altri sorrisoni, segni della croce mandati a destra e a manca come baci volanti. Ero guardata con sospetto. Tra una sbronza e l'altra, le interlocuzioni con il mio amato si limitavano a uno scambio di «doh», alla Homer Simpson, pronunciati con intonazione monocorde. Ci vedevamo, e anziché baciarci o dirci ciao, ci dicevamo: doh. Ci portavano un'altra bottiglia di vino, di cui seguivamo con gratitudine la traiettoria verso il tavolo, e accoglievamo la cameriera benefattrice con un bel: doh. Persino i nostri orgasmi erano preannunciati da un semiassente: doh. Il resto era consumato nel più totale silenzio, o scandito qua e là dal clink dei brindisi.

Il fatto che io fossi alta trenta centimetri e passa meno di Cristian faceva sì che il nostro incedere in società rassomigliasse all'andazzo oscillante di Pinocchio col grillo. Cristian camminava spaesato per il centro di Milano, inseguendo chissà quale balocco all'orizzonte, mentre io, nelle vesti di coscienza, gli trotterellavo intorno cercando di non farlo finire sotto i binari del tram. Le mie mansioni consistevano nel raddrizzargli il volante della macchina, raccattargli la pioggia di minuzzaglie che gli cascava dalle tasche, prendergli a sberle il giubbotto per evitare che prendesse fuoco, voltargli la testa in direzione della cosa da guardare. C'erano dei momenti di maggiore sobrietà, almeno da parte mia. Erano i momenti in cui l'accordo linguistico basato sul doh andava a catafascio, lasciando il posto a furiose filippiche, accompagnate di solito dalla presa del dread che gli tiravo per richiamare la sua attenzione come si scuote la corda di una campana.

Definire la nostra relazione una relazione di coppia sarebbe tuttavia impreciso. Era un triangolo formato da me, Cristian e l'alieno. Quest'ultimo era la cagione principale dei nostri litigi. Cristian infatti beveva come un'idrovora, e quando beveva, cioè sempre, doveva fare i conti con una presenza nefasta che si impossessava di lui, diceva, piazzandosi all'altezza dell'ombelico, facendogli fare delle cose. La mia bassa statura mi consentiva di intrattenere rapporti privilegiati con l'alieno: lo guardavo dritto in faccia e gli facevo le ramanzine. Come ti è saltato in mente di andare addosso alla vecchina alla Rinascente? Perché hai l'ossessione di trombare alla pecorina? Ti pare il caso di ruttare davanti alle mie amiche? Poi passavo a Cristian: dal basso verso l'alto, ondeggiando il dito, gli frinivo qualche altra lezioncina di vita. La vuoi smettere di bere come una spugna? Hai fatto colazione? Perché non mi hai risposto al cellulare? Eccetera. I due si limitavano a fissarmi, ebeti, porgendomi la damigiana. Forse non capivano quello che dicevo; d'altra parte da sempre tutti mi accusano di parlare troppo difficile.

Semplificai il mio vocabolario portandolo a parole come casa, mamma, albero. Nessuna reazione da parte loro. Di solito ci bevevo su un goccio.

«Ti vedrei bene con quell'autistica di Matilde», sbottai, in uno dei miei rari giorni di sobrietà, sbattendogli in faccia la portiera. Parlavo in generale, sia a lui sia al suo amico impiastro.

Plink: mi si accese la lampadina.

Se fossi riuscita a strascinarmi Cristian in camera, drogare Matilde, spogliarla, gettargliela tra le braccia, far accorrere la superiora con una scusa, e – buon Dio! – metterla davanti ai due fornicatori, tre con l'alieno, la partita contro i lavoretti di cartografica sarebbe stata vinta.

La sera in cui gli avevo sbattuto la portiera, Cristian comparve sotto la mia finestra, ubriaco fradicio. Si era portato la chitarrina hawaiana che stava appesa in camera sua e la strimpellava con le sue manone, sgolandosi in versi sofferti, sulle note di un-carretto-gridava-gelati. Mi affacciai per dirgli di pussare via all'istante. Ma le sue parole sgorgavano inarrestabili e sincere: il sunto della canzone era che non avrebbe più fatto venire l'alieno, che si sarebbe trovato un lavoro e che non mi avrebbe più trombata alla pecorina. Sentii le persiane delle suore aprirsi una a una: «Stsss!, stssss!», gli gridai. Un attimo dopo il portone si aprì e venne fuori il suoro con le gambe a tarallo. Cristian indicò barcollando la mia finestra chiedendo il permesso di farmi uscire. Feci un sorrisetto a denti digrignati, facendo alla suora no no con la mano. Non fui creduta.

Il giorno dopo fui gentilmente sollecitata a lasciare il convitto, appellata come scansafatiche e poco di buono. La cara Matilde mi aiutò a preparare le valigie, e sulla porta mi regalò un cuore spunzonato con una freccia, tutto fatto con la pastina da brodo. Molto bello.

Mio padre è Peter Sellers

Tutti i luoghi comuni su Milano, Milano da bere, scarpe alla moda, aperitivi, shopping, sono veri. Non è facile trovare posti che combaciano perfettamente con uno stereotipo: per esempio nessuno, a Palermo, va in giro con la coppola e la lupara, e non è vero che a Napoli c'è il grassone con il baffetto e il mandolino che intona *O sole mio* davanti a una pizza. Invece a Milano c'è tutto quello che ti aspetti: il Campari, le modelle smagrite che girano per negozi, i giovani manager che tirano di coca, tutto, compresa l'assurda ossessione per le scarpe, presenti nella proporzione «tremila ogni essere umano». Il vero milanese, a questo punto, protesterà. Dirà che Milano un tempo era diversa, che questo scempio l'abbiamo fatto noi, i pugliesi, gente sbarcata sulle chiatte che improvvisamente ha scoperto l'America e se l'è scolata tutta, ruttando. Vero. A ragione, Curzio Maltese dice che la vera Milano è, anzi era, quella del teatro politico, delle proteste in fabbrica, una città laica, ironica, libertaria, illuminista che oggi non esiste più. Ma non esiste più neanche il vero milanese, e quand'anche ci fosse non comprerebbe mai questo libro, quindi torniamo a noi.

Io e Milano, insieme, diamo vita a una chimica sbagliata. Io non sarei mai dovuta andare a Milano. Sono come mio padre, sono un disastro sociale, una frana completa, la nemesi del savoir-faire. Quando ho visto per la prima volta *Hollywood Party*, sono rimasta di ghiaccio: ho seguito il film tutto d'un fiato, con una mano sulla bocca. Quel modo distratto di infastidire il prossimo, la capacità di essere nel posto sbagliato al momento sbagliato, la stonatura con i salotti: incredibile ma vero, Peter Sellers – ho realizzato improvvisamente – era precisamente uguale a mio padre. E quel che è peggio è che io sono uguale a lui, dal che si evince che io sono Peter Sellers. Piacere.

Peter Sellers è il personaggio che meglio spiega il mio rapporto con la città di Milano. In parte straziante: da emigrante, da apolide, da profugo. In parte grottesco: fatto di inciampamenti, di gaffe, di finta disinvoltura, di me che m'appoggio per sbaglio al tavolo del brunch rovesciando le tartine sugli ospiti e il cus cus sui pit bull. Ho ricalcato la peggiore caricatura cinematografica dell'italiano medio sin dall'arrivo alla stazione Centrale: ero l'archetipo del disgraziato venuto da lontano, con tanto di valigia rattoppata e in più un cappellino all'uncinetto che mi calava sulle orecchie, tipo Dante Alighieri. Nei primi tre mesi di permanenza trovai in Cristian la mia sgangherata controparte: il mio Pinotto, il mio Tom, il mio Ciop. Poi la nostra storia finì, per mio volere. Sentivo il bisogno di avere accanto un punto di riferimento più sobrio, più affidabile. Non trovando, conciata com'ero, un nuovo fidanzato, la mia spalla diventò presto Simo La Simo.

Conobbi Simo La Simo dopo essere stata sbattuta fuori dal convento delle suorette. Dovevo trovarmi un nuovo alloggio, perciò cominciai a tallonare tutti i portoni in cerca di cartelli «Affittasi». Ne trovai uno scolorito, sbilenco, dall'aria particolarmente economica, che pendeva da un bel portone vicino alla stazione Garibaldi. Chiamai il numero e rispose una calabrese dalle vocali aspirate, «Sihmohna» di «Chosehnza». Andai a casa sua, mi mostrò l'appartamento, ci scolammo una bottiglia di Amaro del Capo in cucina senza fare uno straccio di conversazione («behvi, è bhuonoh, me l'ha salito mia mahdreh») e la settimana seguente traslocai senza indugio da lei. La ribattezzai Simo La Simo perché il tenore delle nostre conversazioni ricordava una vecchia strip di Mattioli, *Lucertola La Lucertola*. Plot: una lucertola incontra un'altra lucertola. Sceneggiatura: «Ciao!». «Ciao!». «Novità?». «No!». «Bene, ciao!». «Ciao!». E si allontanano. Noi eravamo tali e quali, e in più eravamo povere in canna.

Il panettiere davanti casa nostra l'avevamo ribattezzato «Prada»: abitavamo nella zona più costosa della città, acquistare un pezzo di pizza era un salasso. Perciò campavamo prevalentemente delle provvigioni che ci arrivavano dalla punta dello Stivale: melanzane piccanti («i melanzhani piccanci»), cipolle di Tropea («i cipholle di Chropea»), la soppressata («la suppressatha») e una serie inenarrabile di salse in barattolo irriconoscibili tra loro: rosa marina, bomba, 'nduia, in cui galleggiavano alternativamente pesci, pezzi di porco e peperoncini. Verso fine marzo, finite le melanzane al botulino, cominciammo a riesumare con ostentato fasto tutti gli zamponi in scatola che ci eravamo comprate in offerta a fine gennaio in vista dei giorni più duri. L'atmosfera di casa nostra ricordava quella del *Canto di Natale* di Dickens, laddove al posto di Tiny Tim, il bambino con la zoppia, c'era Pulsatilla, la bambina con la gastrite cronicizzata a forza di melanzhani piccanci, e al posto del piccolo e affettuoso Fred c'era il piccolo e terrorizzato coniglietto Cesare. Il povero Cesare ci fissava con occhi sbarrati da dentro la gabbia, ben conscio del fatto che prima o poi sarebbe finito in forno con i funghi della Sila (intelligentemente Cesare si fece morire prima: una mattina lo trovammo stramazzato nella gabbia, il veterinario disse che era morto d'infarto). Avevamo anche due ragni, Tecla e Vlady. Tecla la trovammo sotto il lavandino, Vlady nell'insalata: mosse a pietà, decidemmo di adottarli, ritrovandoci così altre due boccucce da sfamare. Le boccucce nel giro di poco diventarono tre, quando a Simo La Simo regalarono un camaleonte, Felipe, il quale a sua volta abbisognava di grilli e vermi, vivi, che campavano bellamente facendo cri cri in un braccio della morte tra i ragni e il rettile mutante.

A ciliegiare il quadretto, il fidanzato di Simona allevava insetti, cioè comprava le esche da pesca e le lasciava al caldo finché non diventavano *mosche*, mentre talaltre, con grande stupore mio, di Tecla, di Vlady, di Felipe, di Lucertola La Lucertola e dei vermi, diventavano *farfalle*. Quando entravi in casa nostra partivano le sigle di *Quark* e di *Sandokan*. In tutto questo affascinante ciclo vitale, ovviamente, l'idea di preparare degli esami universitari non mi aveva neanche sfiorata. Per lo più trascorrevo le giornate a fare esperimenti sul camaleonte, tappezzando la sua gabbia di poster di Kim Rossi Stuart per vedere se diventava come Kim Rossi Stuart. Simo La Simo, invece, passava il tempo a inseguire i grilli sfuggiti al *death row* che salterellavano impazziti, e che ripescava, vivi, morti e talvolta in decomposizione, nei più remoti angoli della casa, in particolar modo nel mio letto, ribattezzato «Il Mio Fottuto Letto».

Il mio rapporto con l'Università fu difficile. Frequentavo un'accademia privata dove la retta costava un occhio della testa, che i miei genitori pagavano chiedendo soldi in prestito. La maggior parte dei miei colleghi, invece, navigava nell'oro. Quasi tutti arrivavano a bordo di moto della madonna e sfilavano il casco come la pubblicità della Tuborg, scuotendo folte chiome fresche di parrucchiere. Le ragazze erano tutte in passerella, magre, slanciate, la pelle liscia e dorata, gli occhiali da sole di Chanel. Durante la ricreazione stavano tra loro a parlottare, le mani bianche, curate con la *french manicure*, mollemente adagiate sulle sedie del giardino. Io rimanevo emarginata. Avevo un bomber rosso comprato al mercato di Foggia, e poiché ero piuttosto bassa e piuttosto sovrappeso, ero stata soprannominata *Il Gabibbo*. Una volta arrivai in ritardo a lezione, e, dopo aver parcheggiato il motorino ed essermi scusata col professore, mi lamentai pubblicamente del traffico infernale di Milano, dicendo che non avevo mai ricevuto così tanti insulti nella mia vita come dagli automobilisti milanesi. Qualcuno in fondo all'aula mi gridò ironicamente di provare a cambiare giubbotto. Ero più emarginata del ciccione del *Libro Cuore*.

Secondo Marzia, che in seguito sarebbe diventata la mia migliore amica, parlavo come Lisa Simpson e mangiavo come un porco. Una sera, un assistente mi aveva portato in un raffinatissimo bar in Corso Como, dove ci avevano servito insieme all'aperitivo un piattino con delle minuscole e tenere fave. Non avendole mai viste, le avevo ingollate con tutto il baccello. Marzia suole ricordare che il primo giorno di lezione stavo in prima fila e sbranavo a morsi una pizza unta. Alzai la mano per fare una domanda al professore, che stava tenendo un discorso su Armando Testa, e, dandogli del tu, con la bocca aperta e disgustosamente piena, dissi: «Scusa, ma... *adesso il buon Armando è cibo per i vermi?*».

Il primo anno a Milano acquistai il primo vestito elegante della mia vita. Era stata organizzata la festa della scuola, e decisi di riscattarmi. Tenni a stecchetto me e i ragni per un mese. Con i soldi risparmiati andai in un negozietto in Garibaldi e presi un vestito da cocktail a tubino, che mi calzava come un preservativo su un uovo di struzzo. Arrivai alla festa traballando su un paio di scarpe alte color prugna comprate alla fiera di Senigallia, che non c'entravano niente con il vestito e che per di più mi facevano camminare come il pescatore Sampei. Me le tolsi dopo un quarto d'ora, ballai senza e tornai a casa scalza con le scarpe in mano. Mentre correvo a prendere il tram, una tetta sgusciò fuori dalla scollatura, e i giovanotti sul tram svennero dalle risate. Ero il maledetto ludibrio della Padania.

Il secondo anno andò meglio, fu l'anno in cui scoprii la New Age. Casa mia si riempì di tappeti, incensi, tè aromatizzati, unguenti antistress, cuscini etnici, e io andavo sempre in giro con qualche ampia gonna che strusciava sotto le scarpe. Cominciai a blaterare teorie del cazzo, tipo: «Avresti bisogno di un viaggio astrale, hai Marte contro, prova a far pace con Giunone». Ogni tre ore tiravo fuori una boccetta dalla borsa e lasciavo sacralmente cadere due o tre gocce di fiori di Bach sotto la lingua, cui seguivano alcuni minuti di raccoglimento come se avessi preso l'ostia. Dimagrii: il medico cinese mi aveva detto che ero intollerante a latte e derivati, lievito, prodotti lievitati, tè, caffè, cacao, zucchero, alcool, carne, crostacei, mitili, molluschi, arachidi, aglio, cipolla, menta, liquirizia e uova. In altre parole, smisi di mangiare, rispolverando l'antico vezzo da anoressica che tanto mi aveva giovato, con la differenza che questa volta la colpa non era del rappresentante d'istituto ma di Krishna Murti, di cui già solo per il nome uno dovrebbe un po' diffidare. Nell'ora di ricreazione, mentre le mie colleghe fumavano sigarette in giardino, io restavo in disparte a massaggiarmi i meridiani centrali e a dialogare con i miei chakra. Il mio nome non era più Valeria, l'avevo cambiato in *Samadhi*. Per quanto, in verità, tutti continuassero a chiamarmi *Il Gabibbo*.

Narciso e Boccalona

Quando siamo in fila alla posta non degniamo nessuno di uno sguardo. In ascensore guardiamo per terra. Quando ci viene presentato qualcuno non ricordiamo il suo nome a distanza di due minuti. Perché, invece, su Internet, anche l'ultimo degli idioti ha qualcosa da dire, e noi lo stiamo ad ascoltare con acceso interesse? Il fatto che l'interlocutore non abbia volto lo avvolge evidentemente in un'aura di nebuloso carisma, per cui vogliamo sapere tutto di lui, squarciare il velo, entrare nel vivo mistero della sua anima, scoprire e svelare le affinità elettive che renderanno significativa la nostra interazione. Ho passato buona parte della mia adolescenza buttata come una naufraga davanti al computer, incappando in una selva aspra e forte di psicopatici di ogni tipo, con alcuni dei quali, come si è detto, mi sono anche congiunta carnalmente. Questo in chat. Da quando ho aperto il blog, le possibilità di dare origine a rapporti nevrotici si è decuplicata, perché ora i navigatori sanno come impalmarmi ancor prima che io abbia rivolto loro la parola.

Io ho aperto il blog tre anni fa, per cercare una via d'uscita al dramma esistenziale della mia vita milanese. Non paga di frequentare i vari Felipe, Tecla, Vlady e Lucertola La Lucertola, cercavo contatto nell'altrettanto animalesco mondo dei cibernauti. Cominciai a diffondere la notizia presso la mia cerchia di conoscenti, i quali reagirono tutti alla stessa maniera: «Bloog? cos'è un blooog?». Dall'intonazione, dal tipo di *elle* troppo liquida, che a momenti si stacca e t'arriva in un occhio, si intuiva chiaramente che stavano pronunciando un lemma dal significato oscuro. Oggigiorno anche mia nonna sa cos'è un blog, anzi coltivo il fondato sospetto che ne abbia uno, ma all'epoca non era così: dovevi spiegare perbenino di cosa si trattava (una web page, tipo un diario, dove ogni giorno puoi scrivere le tue cose... mi segui?). Nessuno dei miei amici pensava che una come me potesse inchiostrare pagine degne di una qualche rilevanza, quindi nella maggior parte dei casi manco si prendevano la briga di dare un'occhiata. Al contempo perfetti sconosciuti, approdati per caso sul mio sito, si spendevano in verbosi consigli, lodi sperticate e grandi dimostrazioni di solidarietà. Molti, senza avermi neanche mai vista, dopo aver letto il mio blog mi volevano in moglie, o più spesso mi volevano scopare nelle cento, o quante sono, posizioni del *Kamasutra*. Alcuni di loro ci sono riusciti (non risulto sposata, quindi mi riferisco all'altra cosa).

La mia lunga gavetta di chat mi aveva insegnato che Internet è una piazza che si bazzica anche, se non principalmente, con finalità di copula, o nella più ingenua delle ipotesi è un teatro dove tutti si imbellettano per sembrare un po' meglio. Il delfino venticinquenne di Milano è spesso un vecchietto di Caronno Pertusella, e l'ammaliante monsieur del sesso di Ventimiglia è facilmente un invalido di Trapani. Come questi baldi giovani siano alfine riusciti a trascinarmi nelle coltri del loro letto, rimane un mistero: l'ipotesi più accreditata sostiene che abbiano fatto leva su dei punti molli del mio narcisismo e che io abbia, naturalmente, abboccato. Il luogo comune secondo il quale i blogger sono narcisisti è infatti assolutamente fondato: oltre ad essere io stessa un esempio da manuale di narcisismo globale, il tasso di narcisisti in cui sono incappata è di fatto pari al numero di blogger incontrati. Le persone che amano solo se stesse sono spesso non pienamente ricambiate – da se stesse, ovviamente – a causa della loro residua intelligenza, che gli fa capire che trascorrere la vita in libidinosa contemplazione del proprio ombelico è cosa contraria al giusto diritto delle genti. Ergo, sono dannate a piacersi e detestarsi, piacersi e detestarsi, piacersi e detestarsi, in loop. Gli esiti possibili sono sostanzialmente due: quello monastico, nel quale prevale il senso critico, per cui la punizione e la mortificazione della carne diventano l'ultima frontiera del narcisismo; o quello edonistico, in cui si ottunde l'intelligenza a forza di sostanze chimiche, o di concentrazione sul reality del momento, o di speculazioni filosofiche assolutamente infondate, e ci si masturba fino alla consunzione. Inutile che vi sto a dire che ho incontrato solo soggetti del secondo tipo. Segaioli persi.

Il pisquano compassato. Il narcicista pisquano compassato è il primo in ordine cronologico tra quelli che mi hanno sessualmente coperta. M'attacca bottone via e-mail dicendo che abbiamo gusti musicali simili: una scusa vecchia come il cucco che pur tuttavia funziona sempre. D'altra parte i miei gusti musicali sono talmente classici e inattaccabili, intramontabili (diciamo pure banali) che metterebbero d'accordo il casellante della Salerno-Reggio Calabria con Riccardo Bertoncelli. Il pisquy somiglia a John Lennon dei tempi di Sgt. Pepper's: occhialini e baffi all'ingiù. Ci incontriamo, superficialmente ci piacciamo, ci mettiamo insieme. Pensa di saper scrivere molto bene ma io penso di saper scrivere molto meglio, e questo è il primo problema che affiora dopo la prima settimana di relazione. Il secondo problema è che all'epoca ero una patita del karaoke, e lui, dopo due settimane, mi piantò dicendo che non credeva di essere in grado di sostenere una relazione con una che si straccia la gonnella col microfono in mano cantando *Hit Me Baby One More Time* e *L'Uomo Tigre*.

Lo psicolabile. Il narcicista psicolabile mi intorta con la scusa che abbiamo gusti musicali simili, però sulle prime si direbbe più duttile, più aperto, meno belligerante del suo predecessore. Ovviamente, così non era. Insiste per incontrarmi, mi lascia parlare per un po' e poi passa il restante tempo a insultarmi. Poi si scusa, e finiamo a letto. Dopo alcuni giorni mi dice che è innamorato di me, e io dico anch'io. Poi mi dice che ci ha ripensato, allora ci ripenso anch'io. Allora ci ripensa anche lui e dice che no, no, in realtà mi ama, ma io mangio la foglia e gli dico col cazzo. Allora lui ci ri-ripensa e ricomincia a insultarmi. Allora comincio a insultarlo anch'io. E ci lasciamo. Questo è quello che dice lui. Io dico che non siamo mai stati insieme. Appena leggerà questo libro mi chiamerà e ricominceremo a discuterne.

Il bambino. Il narcicista bambino mi intorta con la scusa che abbiamo gusti musicali simili, tu pensa. Il che tra l'altro è falso, perché lui ascolta gruppi indie dai nomi impronunciabili, Erlend Oye vs Minizza, Stereo-Total, Sons of '68, Chk chk chk, mentre io ascolto i Rem, i Clash, gli Who, e altre band per pronunciare le quali non è necessaria una laurea all'Orientale. Comunque. La caratteristica di questo individuo, oltre, come ho già detto, ai gusti involuti e deprecabili, è di avere trent'anni e dimostrarne non più di diciotto. Bassino, magrolino, frangettato: vedendolo non gli venderesti neanche le sigarette. Lo scugnizzo mi abborda timidamente via e-mail chiedendomi di fargli una compilation. La regola aurea per cui tutti i blogger sono narcisisti vale, come ho già premesso, anche per me, quindi basta solleticare il punto di goduria N che io ci casco. Oh, certo, una compilation con le *mie* canzoni preferite? Perché no! Quando ci incontriamo per lo scambio dei dischi mi rendo improvvisamente conto che questo tipo, carinissimo per carità, non è mai cresciuto, è rimasto mentalmente e fisicamente nano. Ci prova, ci sto, ma noto che mi bacia con la stessa ingenuità con cui i neonati portano gli oggetti alla bocca per conoscere il mondo (e comunque, con quei capelli che ha, mi sembra di baciare Caterina Caselli). Realizzo dunque che non avrebbe mai potuto sviluppare un innamoramento verso di me, tutt'al più un edipo. Dopo avergli maternamente concesso la suzione della mia tetta, mi riabbottono la camicetta e fuggo.

Lo scaricatore di porno. Lo scaricatore di porno si presenta in controtendenza rispetto ai suoi predecessori: non mi intorta con i gusti musicali. È così preso da sé, dalle sue, di cose, dalle sue, di musiche del cazzo, che il confronto non gli passa neanche nell'anticamera del cervello. Pur provenendo da una famiglia molto ricca, ha eclettticamente deciso di coprirsi di stracci e andare a vivere nella *suburbia*, dove si riempie di canne e si uccide di seghe. Nella fattispecie il fatto che si faccia due seghe al giorno è indice che ha una venerazione per sé stesso, o se non altro molto tempo libero, e in entrambi i casi questo mi dovrebbe mettere sul chi va là. Invece abbocco in pieno. Faccio le valigie, mi trasferisco da lui in stile *due cuori e una capanna*, mi metto una crestina in testa e comincio a ramazzargli il pavimento con devozione filippina, e a fargli pompini con perizia thailandese. Lui non mi calcola neanche, spesso non viene neppure a letto con me perché si è già organizzato la serata su www.tightassgirls.net. Il fatto che io sottolinei di continuo la sua incapacità di dedicarsi agli altri mal si addice col fatto che lui in fondo in fondo si crede Dio in terra, e il fatto che io lo ami sinceramente nonostante tutte le sue micragne mal si addice col fatto che in fondo in fondo lui si detesta (tendenza tipica dei narcisisti). Mi lascia dicendo che si è sbagliato, nella sua vita non c'è spazio per un amore. Il che è vero, perché due seghe al giorno non ne lasciano molto.

Lo scienziato. Il narcisista scienziato è il migliore di tutto il lotto. È un totale alienato, ma non ne fa mistero, sa perfettamente che vivere in una catapecchia di assi muffiti ai bordi del mondo conosciuto è assolutamente da disadattato, ma non cerca di mascherarlo, è il suo orgoglio consapevole. In un'epistola impeccabile, di stampo quasi burocratico, mi comunica che la lettura del mio blog lo ha molto incuriosito, e che sarebbe pertanto lieto di incontrarmi e possibilmente scoparmi. Grandioso: patti chiari amicizia lunga. Vado a trovarlo sul cucuzzolo della montagna, e per tre giorni alterniamo gioiose copule a passeggiate lungo l'acceleratore di particelle, non privo di una sua apocalittica poesia.

Il narcisista pescatore. Ci sono due tipi di uomini, i cacciatori e i pescatori. I cacciatori sono quelli che avvistano la preda, una, accuratamente scelta. Si appostano dietro il cespuglio e tendono ingegnose trappole finché ella non casca tra le sue grinfie. Un cacciatore per tutti è l'amico pelato di Bug's Bunny.

Il pescatore, invece, è comodamente sdraiato su una zattera, e non deve far altro che gettare in mare la rete. Dopo aver schiacciato un lungo pisolino, tira su e vede cosa ha preso.

Internet pullula di pescatori, in chat, sui blog, nei forum. I pescatori seminano frasette argute, lusinghe e melensaggini, e dopo un giorno rifanno il giro e raccolgono quello che c'è. Nel novero, tra scarpe scollate, pezzi di bottiglia levigati e lische di trota, ogni tanto nella loro rete ci finisco anch'io.

Senz'altro non gli mancava la coerenza. Nessuna ambiguità: lui è il migliore. Lui può, lui deve, lui sa, lui va. Lui stabilisce se, come e quando vederci. Lui può decidere dall'alto della sua clemenza se concedermi i suoi favori sessuali o meno, d'altra parte chi ci guadagna di più sono senz'altro io. Si riempie la bocca con parole di cui non sa neanche il significato: serotino, ialino, eburneo, e quando siamo a letto mi chiede se gli posso allungare il guanciale così mi può penetrare meglio la vulva. Come potete facilmente intuire non sono in grado di reggere questo tipo di imbecilli per più di una settimana.

Il mio catalogo di relazioni con persone conosciute in Rete si chiude qui. Dopo la via crucis di blogger, cominci a ricordare con malinconia quelle volte in cui venivi abbordata al bancone del bar, magari con una mano sul culo.

Michele

Un certo tasso di menzogna fa parte della vita. Alla vicina di casa che ti chiede come stai, non è certo il caso di rovesciare addosso il tuo barile di sventure, devi rispondere che va tutto bene, mamma e papà stanno bene, il cane bene. Alla collega che ti chiede se è ingrassata, devi rispondere di no, che è rotondetta, che i fianchi le donano. All'uomo che ti chiede se ti è piaciuto, devi rispondere che oh, mio Dio se ti è piaciuto, come se non ti è piaciuto, ti è piaciuto una cifra, un bordello, un casino – ma che domande, certo che ti è piaciuto. Si chiamano convenzioni sociali e si acquisiscono nel momento di passaggio tra l'adolescenza e la vita adulta: in *quel* momento, evidentemente, io non c'ero. O ero al bagno.

Tra l'altro, bisogna chiedersi se in una relazione di coppia stretta, intima, sincera, salda, le convenzioni abbiano senso di esistere oppure no. Io sono decisamente la persona sbagliata cui porre la domanda, essendo quella che vomita la propria autobiografia in ascensore al malcapitato vicino, che dice alla collega che sì, in effetti sembra un po' una balenottera, che no, sinceramente si sono viste scopate migliori. Sono assolutamente persuasa che tutti i nodi vengano al pettine, che il diavolo faccia le pentole ma non i coperchi, che le bugie abbiano le gambe corte. La verità, per me, semplifica la vita.

Ovviamente, prima o poi, dovevo finire con un pallista. Non con un pallista normale, ma con il campione mondiale di pallismo. Michele era l'asso, il genio assoluto delle palle: ne diceva di ogni tipo, e riusciva ad essere incredibilmente convincente. Lo conobbi due anni fa all'aeroporto del Cairo, mentre attendevo il mio volo per Milano. Ero sprofondata nella lettura del mio romanzo, quando plof, mi cadde il segnalibro. Una mano gentile me lo raccolse. Era un ragazzo alto, snello, smagliante, grandi sorrisi, grande fair play nell'attaccarmi bottone. Avrei dovuto sospettare di avere davanti uno sparacazzate quando mi disse che somigliavo a Natalie Portman. Invece trotterellai ingenuamente verso di lui come Cappuccetto Rosso nelle fauci del lupo.

Andammo a tazzare dell'imbevibile caffè turco in un baretto dell'aeroporto, dove gli mostrai tutte le fotografie che avevo scattato in Egitto. Il mio nuovo amico si sdilinquì in complimenti, commenti, entusiasmi, tirò fuori le sue, di foto, rise con me. Dopo la vasta schiera di individui abbrutiti e puzzolentoni in cui ero precedentemente incappata, lui mi sembrava una boccata di aria fresca, averlo accanto era riposante. Tra le foto che mi stava mostrando, scorsi la costante presenza di una tipa con i capelli tinti di rosso, di circa trentacinque anni, grassoccia. Gli chiesi chi fosse. Lui mi rispose che era la guida turistica. Mi sembrava una risposta plausibilissima e non posi altre domande, io cretina.

Finimmo, naturalmente, avvinghiati in un bacio travolgente, davanti al gate, in mezzo alle valigie. Dopo due minuti ci tenne a specificare che non intendeva cominciare una relazione perché non se la sentiva (originale!). Lui, disse, era un tipo che non si impegna. Però ci saremmo potuti vedere, frequentare. Essere buoni amici. Solite palle.

A dirla tutta, la storia dei buoni amici che si mettono la lingua in bocca non mi dispiace, non la trovo una cosa amorale in sé (tra l'altro conobbi Michele in un periodo in cui avevo fermamente deciso di non intraprendere nuove relazioni. Me la riprometto spesso, questa idiozia, e ciò che trovo davvero patetico è che ogni volta pronuncio la stessa frase: «Si profila davanti a me un lungo periodo di singletudine», declamato con l'aria supponente con cui l'amministratore delegato informa i suoi sottoposti che comincia una stagione di grande fatica ma di grandi fatturati). Se non fosse che poi è sistematicamente seguita dallo stesso, medesimo copione, che si ripete nella mia vita da venticinque anni a questa parte.

1. Mi invaghisco, normalmente di un idiota.
2. L'idiota mi dice (o lascia intendere): «Hey baby, non ti mettere con me, sono un vero pirata».
3. Prendo atto.
4. Il pirata mi viene a rompere le scatole per mettersi con me.
5. Dico ok.
6. Mi chiede se stiamo proprio insieme insieme.
7. Dico sì.
8. Ma insieme insieme insieme insieme?
9. Sì.
10. Tipo fidanzati.
11. Sì.
12. Dopo un mese il mio fidanzato mi dice (o lascia intendere) che si era sbagliato, non si sente pronto per una relazione.
13. Dico ok.

14. Mi chiede se quindi va bene se ci lasciamo.
15. Dico sì.
16. Ma lasciati lasciati lasciati?
17. Sì.
18. Trombare?
19. No.
20. Amici?
21. Mai, per chi si ama come noi.
22. Ok, addio.
23. Addio.

La storia con Michele seguì pedissequamente lo schema. Dopo qualche settimana di amichevoli slinguate, infatti, volle farmi «un discorso», e mi portò appositamente in osteria. Il «discorso», disse mescendo il vino in entrambi i calici, era che aveva cambiato idea, si era innamorato di me e voleva stare insieme-insieme-insieme.

A me i «discorsi» sulle relazioni fanno sempre un po' ridere. Questo vano tentativo di categorizzare l'incategorizzabile, come avrebbe voluto Kant, questa voglia di infilare un rapporto in uno schema, di chiamarlo, nominarlo, definirlo, perimetrarlo, mi suscita, se va bene, tenerezza, altrimenti, una certa orticaria. Ovviamente la nostra relazione non sarebbe cambiata, nei fatti, nel passaggio da «non-proprio-insieme» a «insieme-insieme-insieme». Chiamarla con un altro nome non ne avrebbe modificato la sostanza. Ad ogni modo, per evitare rotture di coglioni supplementari, si fa come con il computer: si clicca sempre su Ok.

«Ma allora stiamo proprio insieme insieme?».
«Ok».
«Ma insieme insieme insieme insieme?».

«Ok».
«Ci impegniamo entrambi in questa relazione?».
«Ok».

Anche il buon Michele dimostrò nel giro di poco, pochissimo tempo, di non sapere assolutamente cosa cazzo volesse dalla vita, collocandosi così nell'illustre solco dei suoi numerosi predecessori. Il primo segnale arrivò una sera a cena. Eravamo a mangiare le pizze fritte con suggestivo affaccio sul Golfo di Napoli. Nonostante il panorama, lui aveva un'aria come se gli avessi ucciso la mamma.

«Tutto bene?».
«No. In realtà, non sono convinto di questa relazione. Mi sento soffocare».

Diosanto, quante volte ho sentito questa frase? Novemila? Diecimila? Che gigantesca rottura di palle, che noia abissale.

«Ah, capisco. Beh, se il problema è scopare con altre donne, scopa pure con altre donne».
«Oh, no, no!».
«Perché no, no?».
«Poi tu scoperesti altri uomini!».

Che squallore, che tristezza.

«Facciamo che tu scopi altre donne, io non scopo nessuno?».
«No, no! Sarebbe iniquo».

Disse proprio così, *iniquo*. Lo apprezzai.

«Allora lasciamoci».

«Oh, no! Sto benissimo con te, non sono mai stato così bene con una ragazza».

Era quasi più credibile quella su Natalie Portman.

«Allora cosa vuoi fare?».

Nessuna risposta, il programma ha eseguito un'operazione non valida e non risponde, salvare le modifiche? Ok. Uscimmo dal ristorante immusoniti.

Circa quindici giorni dopo, il mio amato bene era sbracato sul divano a guardare via satellite il corrispondente britannico di *Amici di Maria De Filippi*.

Irruppi nella stanza pinzando con due dita una scatola di preservativi da quaranta pezzi, vuota:

«Cosa fai di bello, amore?».

«Guardo... Boh, questa cosa qui, *Friends of Mary Philips*».

«Senti, è tua questa scatola da quaranta preservativi, vuota?».

Il dorato silenzio...

«Dev'essere per forza tua, era sotto il tuo letto».

«Sì. L'ho comprata mesi fa. Era in offerta».

«Ah, ecco. Ma ehi, è vuota! Hai fatto quaranta gavettoni al gatto, o cosa?».

«Smettila. L'ho portata con me in Egitto. Prima che ci conoscessimo».

«Oh. E chi è la fortunata che ha fruito di tutti questi numerosi preservativi nel giro di sette giorni?».

Salta fuori che la ragazza dai capelli rossi non era, guarda un po', una guida turistica in senso stretto, era una guida turistica in senso lato, diciamo che l'aveva guidato attraverso il viaggio nell'affascinante Piramide cespugliosa. Si difese dicendo che era «una storia vecchia, di nessuna importanza»: per questo non me l'aveva detto, per non ferirmi. Gioia.

Seppellii la questione, con grande signorilità.

A tre mesi dal nostro primo incontro, il rapporto era già in aperta crisi. Diede il colpo di grazia una certa, fumosa operazione alle tonsille che lo costrinse per alcuni giorni in ospedale, e che gli impedì di telefonarmi. Nei tre giorni in cui non ci sentimmo, fui inondata di messaggini così saccarini da farmi venire il diabete. Me ne ricordo uno in particolare: «Incontrarti è stato destino, diventare tuo amico è stata una scelta, innamorarmi di te non è dipeso dalla mia volontà». Bello, no? Peccato che, quando ci siamo risentiti, l'esordio è stato:

«Senti, so che non ti farà piacere sentirlo, ma in questi giorni non mi sei mancata affatto».

«Ah».

«Mi dispiace».

«No, di niente. Ma toglimi una curiosità, da dove ti venivano tutti quei messaggi del cazzo?».

«Cercavo di autoingannarmi».

«Sì, ma dove li hai presi?».

«Da Internet».

Ragione sufficiente, per quanto mi riguarda, per cancellare con una botta di pollice il suo numero di telefono e mandarlo nel paradiso degli ex-fidanzati senza farlo passare dal «Via». Purtroppo non feci in tempo, la canaglia fu più svelta:

«Penso sia il caso di lasciarci».

Merda, merda, merda. La battuta era la mia. Cazzo.

How to Dump a Partner
Come scaricare il tuo/la tua Sgurzo/a

Modo n. 1
«Non mi sento pronto per una relazione stabile».
(traduzione: *voglio andare in giro a scopare*).

Modo n. 2
«Ho capito che per me sei un'amica».
(traduzione: *voglio andare in giro a scopare*).

Modo n. 3
«Non so più cosa voglio».
(traduzione: *voglio andare in giro a scopare*).

Modo n. 4
«Stiamo trascinando una relazione che è finita da un pezzo».
(traduzione: *è già da tempo che sto meditando di andare in giro a scopare*).

Modo n. 5
«Mi sono innamorato di Mafalda: è successo».
(traduzione: *ci ho scopato*).

Modo n. 6
«Vogliamo cose diverse».
(traduzione: *io voglio essenzialmente scopare*).

Modo n. 7
«Sei cambiata».
(traduzione: *prima scopavi di più*).

Venni a sapere da amici comuni che il mio era un caso, diffuso, di «Mi sono innamorato di Mafalda: è successo» (cfr. tabella).

Sentitevi pure libere, care amiche, di sostituire Mafalda con Valentina, Irene, Monica o qualsiasi altra baldracca si sia messa a novanta gradi per farsi impalmare dal vostro uomo. La domanda da porre in queste circostanze è semplicemente: «Dov'è, la baldracca?». Marciai serenamente a casa di Michele in preda alla furia omicida e, sollevandolo per la carotide, lo spiaccicai contro il muro del pianerottolo:

«Non è stata una cosa voluta», si sgolò il verme, dimenandosi.

Certo, non era stata una cosa voluta: succede, di mettersi a novanta gradi.

«Non abbiamo fatto niente», giurò.

Ovviamente era una palla, l'ennesima. Per carità: ci sono casi (rari) in cui il traditore, effettivamente, non consuma una scopata intera, ma solo una scopata meno epsilon (S - ε), dove *epsilon* è un *numero piccolo* a piacere, tanto più *piccolo* quanto più è *zoccola* Mafalda. Tuttavia non era questo il caso, visto che la Mafalda in questione, amica comune, era notoriamente una zoccola a trecentosessanta gradi.

«Sei la persona più deludente che abbia mai incontrato», ho detto andandomene.

Questo gran finale l'avrà fatto sentire molto importante, ma come al solito, non posso fare a meno di dire quello che penso.

Gita al fallo

Come vi sarete accorti, ormai ho accumulato un certo *expertise* sugli uomini e sulla loro *appendice*, pertanto posso permettermi una breve digressione in proposito. Arriva un momento nella vita in cui tutto ti è chiaro, tutto torna, rintracci un ordine, un *còsmos*, e la tassonomia genitale universale, magicamente, si compone sotto i tuoi occhi.

In questo capitoletto parliamo di cazzi di varia foggia (con la *effe* minuscola). Prima però ci vuole una premessa, un chiarimento sul lessico. Ovviamente mi sono posta il problema se chiamare il coso col suo nome, cioè cazzo, oppure, visto che siamo in una sede letteraria, o presunta tale, ingentilire il lemma dietro un paravento vezzoso. Per risolvere la questione mi sono appellata alla scienza: ho disegnato un inequivocabile cazzo (due cerchi uniti da un archetto) e sono andata in giro a chiedere: «Cos'è questo?». Il campione ha risposto per lo più: «Un cazzo», mentre una trascurabile minoranza ha balbettato o riso. Quindi vada per cazzo. Io me ne lavo le mani.

Il mito del cazzo è un mito un po' del cazzo. Tutti ne fanno una questione di vita o di morte, quando in realtà è un accessorio come un altro, sarebbe come fare continuamente una questione sugli ombrelli. Voglio dire, puoi andare fiero del tuo ombrello il giorno che te lo sei comprato, ma non puoi passare la vita a menartela con l'ombrello. E poi, esattamente come si vive senza ombrello, si vive anche senza cazzo, ma questo nessuno lo dice perché altrimenti crollerebbe il castello di carte su cui si fonda la galassia. Un'altra cosa che non capisco è perché si parli sempre di cazzi e mai di passere. Le passere sono tante, sono belle e sono varie. Ce ne sono di grassocce e magroline. Di chiuse e di linguacciute. Di estroverse, di introverse e di retroverse. E poi, il coiffeur: ci sono passere glabre e passere *à la* Angelo Branduardi, con mille e passa sfumature intermedie. Niente. Nessun riscontro. Per voi maschi una caramella Polo sarebbe uguale.

Mi piacerebbe molto parlare di passere e lenire la mia frustrazione, ma non è il mio compito, quindi parleremo come al solito di cazzi.

Il catalogo genitale maschile è ampio e diversificato. C'è un sacco di blablà sul come usarlo, ritorna sempre questo come, come, come, ma nessuno mai che entri nel merito della morfologia, del cosa, del chi, del quantum, che a mio modesto avviso è la vera trippa della faccenda.

Dunque – come direbbe il Dongiovanni – il catalogo è questo.

Cazzo standard (*pisillus vulgaris*). Lo so che siete affamati di centimetri, quindi niente giri di parole: sedici. In posizione di riposo si dimezza, come è giusto che sia. Comunque la cazzologia non è una scienza esatta, più facilmente è una scienza frustrante, pertanto eviterei di correre in bagno col righello.

Esperire un pisillus normale è un'attività rilassante, quasi meditativa. Non puoi sbagliare, è come puntare sul dollaro. La tua mente vagola felice e serena mentre le tue mani toccano curve familiari, care. Come ci sono i cultori della pizza margherita, cui mai salterebbe in mente di prendere una peperoni, così ci sono le aficionados del cazzo standard, che non hanno mai altri cazzi per la testa.

Cazzo circonciso. Ingiustamente perseguitato, il cazzo circonciso è in realtà una creatura signorile, laica e pulita. Come mi insegnate, è più igienico degli altri cazzi. E contrariamente agli altri cazzi, che in un battibaleno si chiudono a riccio e assumono espressioni corrucciate, esso resta sorridente e cordiale anche in posizione di riposo. Ma la vera figata è che, essendo meno sensibile, dura il doppio del tuo normale fustino. L'unica cosa che mi chiedo è che fine facciano i prepuzi. Probabilmente peregrinano in eterno, lamentosi, come anime in pena, condividendo in questo senso il destino dell'ebreo errante. Qualcuno invece azzarda l'ipotesi che siano devoluti come otto per mille alla Chiesa cattolica.

Cazzo spilungone. Non dotato di particolare personalità, nonché tristemente sciupato, lo spilungone è tuttavia un amico onesto e gentile, esattamente come il suo proprietario, che passa la vita a giocare a pallacanestro, suonare svogliatamente in una rockband o muovere pedine sui giochi di ruolo: è quel giovanotto che va male a scuola e si siede all'ultimo banco, ma che anche da seduto, suo malgrado, spicca. Alla stessa maniera, anche a riposo, il cazzo spilungone resta piuttosto spilungone.

A questo punto sarebbe d'uopo aprire una parentesi un po' volgarotta, dal titolo *riempimento versus sfondamento*, ma per questo dovrete aspettare il successivo volume con musicassetta. Comunque non ha senso girarci intorno, i pilastri fondanti del sesso sono questi due, riempimento e sfondamento, come la filosofia aristotelica e la filosofia platonica, inutile disperdersi in scuole e scuolucole di pensiero. E nel caso in cui... Beh. Sapete dove voglio arrivare.

Cazzo tarchiato. Siamo d'accordo: non è bellissimo. Ma è giocondo e robusto, e spesso dotato di grande inventiva. Poi ha la peculiarità di avere un diametro un po' sopra la media. A meno che non sia davvero corto, è facile che diventi il compagno di tutta una vita, anche perché normalmente vi è attaccato un uomo dall'intelligenza indimenticabile.

Cazzo lungo e largo. È come cucinare con la panna. Troppo facile, e dopo un po' stucca. Eviterei. Oddio, se ce l'avete, per carità, tenetelo.

Cazzo a sparizione. Molto elegante, come i fari del coupé. Da sveglio è giovane e aitante, da addormentato sparisce, puff, diventando più piccolo di un pollice. Per questo è detto anche «cazzo Foppapedretti». Chiaramente, il processo inverso è parimenti affascinante. Vedere due centimetri che dal nulla diventano ventidue può risollevare anche le giornate più uggiose.

Cazzo colorato. Nero, mentre tutto il resto del corpo è bianco. Bianco, mentre tutto il resto del corpo è nero. Nero, mentre tutto il resto del corpo è giallo. L'idea sarebbe brandizzarlo con gli sponsor calcistici e fare un fracco di soldi. Ma siccome i legittimi proprietari sono generalmente musicisti, artisti bastardi, vagabondi e zingari, del tutto insensibili alle lusinghe del marketing, non se ne fa mai niente. In compenso essi bastardi sono amanti da urlo quindi gli si perdona praticamente tutto.

E ora, ok, ok.
Parliamo di questi maledetti cazzi piccoli.

Il **cazzo piccolo** (*pisillus humilis*) è una specie molto rara di animaletto che si annida dentro ai boxer (raramente anche dentro gli slip: è il caso dell'*humilis masochisticus*). Schivo, cagionevole e vegetariano, si nutre di alghe di piccola taglia, che generalmente passano lì per errore. Infatti i pizzi dove cresce il cazzo piccolo sono generalmente gli stessi dove regna il **cazzo veramente grande** (*pisillus sorprendentis*), dal momento che entrambe le specie nidificano presso uomini di bassa statura. L'ideale sarebbe sapere con anticipo se il nano in questione possiede un animale del primo o del secondo tipo. Non che l'humilis sia necessariamente da scartare, ma arrivare impreparati è sempre sconveniente. Mentre infatti agli altri cazzi più o meno ci si adatta in fretta, vedersi davanti un cazzo piccolo senza preavviso provoca un piccolo lutto, che va elaborato. Meglio farsi una mappatura preliminare, sebbene spannometrica.

Tanto per cominciare, se vi siete invaghite di un asiatico, le spanne ve le potete scordare. Il massimo cui potrete aspirare è un cazzo standard. In questo caso vi consiglio di acquistare i preservativi sul posto anziché portarli dall'Italia, perché col preservativo italiano ci fate anche la sciarpetta. In secondo luogo fate caso al senso dell'umorismo: di fronte a un uomo dall'umorismo tristanzone devono scattarvi i lampeggianti: beep, beep, attenzione, pisillus humilis. Infine, e questo è l'happy end, potrebbe essere bellissimo anche con un cazzo piccolo, purché riusciate ad arrivare al dunque adeguatamente coinvolti. Dall'alto della mia esperienza posso dirvi che da sobri diventa complicato. L'esperienza più eclatante che ho avuto riguarda Manu Chao, così soprannominato perché indossava originali cappellini e andava in giro gobbo con le mani in tasca. Simpatico. Si occupava di fotografia, pittura, un sacco di cose. Tornammo a casa barcollando dopo una serata carina, dove per serata carina si intende una serata che sin dal primo minuto sai dove sta andando a parare, infatti esci con la borsa piccola. Arrivammo sotto il portone reggendoci l'un l'altra, ridendo: io con la rosa tra i denti, lui con il mento in su, borbottando un tango, salimmo guancia a guancia la rampa che portava dritta al mio appartamento.

Mai avrei sospettato che dietro quel torrido gnomo latino si potesse nascondere un pisillus humilis. Infatti i miei vestiti volarono impeccabili, wooooom, wooom, pezzo a pezzo, sulla sedia, mentre lui si contorceva in pose lascive, occhi rovesci, unghie affondate nel divano, cosce aperte, tutto perfetto, finché si sfilò i boxer, e oplà, si rizzò tremando questa specie di mignolo paralitico. Mi portai una mano alla fronte e cominciai a ridere, complice l'ubriachezza. Visibilmente piccato, mi chiese cosa c'era che non andava. Niente, niente, e biascicai qualche idiozia sul fatto che andare a letto con un amico è una cattiva idea. Gesticolando verso il suo mignolo eretto, lui mi lasciò intendere che, insomma, non potevo abbandonare la nave proprio adesso. Con affetto fraterno mi chinai su di lui e decisi di mettere la parola fine a quell'incresciosa vicenda con un bel pompino. Fallii. Dopo due secondi mi sembrò di avere in bocca un'oliva da cocktail e cominciai a ridere a singhiozzi come una iena. Non li ho più rivisti, né lui né il suo tenero scubidù, ma da qualche parte conservo ancora la rosa.

Pulsatilla al lavoro

La carriera lavorativa di Pulsatilla comincia precocemente: a quattordici anni, già pienamente travolta dal vortice del consumismo, comprende che i genitori non avrebbero mai potuto soddisfare tutte le sue questue finanziarie, e decide di trovarsi una fonte di reddito. Viene reclutata a fare le bruschette al The Last Butterfly, pub foggiano dal nome un po' mortifero che infatti chiude i battenti poco dopo. Il successivo ingaggio è al Duncan, dove ogni sera prende mance da urlo. Al quarto «E anche stasera ho fatto ottantamilalire di mancia!», i proprietari iniziano a sospettare che la Nostra dia i resti sbagliati, e la licenziano in tronco. Il terzo impiego è nelle cucine del Kandisky, dove la mansione della giovane consiste nel preparare i panini. Pulsatilla li farcisce con amore materno, riempiendoli come li avrebbe sempre voluti ricevere: facendo sparire un prosciutto dopo l'altro porta rapidamente il locale sull'orlo del collasso finanziario, e viene nuovamente sbattuta fuori. Seguono altre esperienze nell'ambito della ristorazione foggiana, tutte parimenti catastrofiche, tra cui quella in un locale che chiude perché uno degli avventori viene seccato a colpi di pistola.

Dopo la demenziale parentesi Herbalife, l'inettitudine di Pulsatilla nei confronti della ristorazione si riconferma a Londra: la stronza lavora dodici ore al giorno per poi rincasare in un lordo tugurio, rivivendo in quegli scenari abbrutiti che avevano spinto Owen a sostenere il movimento operaio un paio di secoli fa. È a Londra che Pulsatilla sviluppa una dipendenza per la Vodka Redbull, che porterà avanti con costanza fino agli anni della maturità.

Alla volta di Milano, è prima intervistatrice telefonica per indagini di mercato, poi promoter, poi volantinista, poi nuovamente cameriera, questa volta in un pub che la costringe a vestirsi da vampiressa sexy (erano gli anni del *Gabibbo*).

A ventidue anni finisce in un'agenzia di pubblicità, prima, unica e ultima fonte di reddito.

Il primo difetto dei pubblicitari è quello di credere che il proprio lavoro sia il più figo del mondo, e questo li porta a credersi importanti come Medici Senza Frontiere. Il secondo difetto è che, essendo completamente risucchiati nel loro mondo, tendono a dimenticare ciò che davvero conta nella vita, a cominciare dalla lingua italiana, per finire con gli affetti, le amicizie, la musica, lo sport, il sesso, che esistono solo nella misura in cui possono fornire un buono spunto per il prossimo spot.

Il pubblicitario vive preferibilmente a Milano, dove può ottenere riconoscimenti economici e sociali («Voi pubblicitari che ingannate la gente», mi disse invece un tassista scaricandomi davanti all'agenzia di pubblicità quando mi trasferii a Roma). Ha tipicamente la faccia lampadata, il sandalo aperto giapponese, l'occhialo di celluloide. Arrivato a quarantacinque anni veste ancora come un adolescente (maglietta, jeans e scarpe da ginnastica) e soprattutto pensa come un adolescente. No, scusate, soprattutto parla come un adolescente. Difficilmente ha moglie e figli, perché l'unica forma di fedeltà che riesce a sviluppare è quella nei confronti della PlayStation.

Io facevo il copywriter (beffeggiato nell'ambiente con l'appellativo di *copriwater*), ossia ero la tizia deputata a scrivere le frasette pubblicitarie del tipo «Rowenta, per chi non si accontenta» o «Se c'è la goccia è Gim». Se gode di un certo rispetto, al copywriter viene affidata anche l'ideazione dei comunicati radio e degli spot. Diventare *tavoletta del cesso* mi è costato tre anni di studi e quarantacinque milioni di lire: qualsiasi analista finanziario mi darebbe della pazza, anche perché il risultato è che adesso so fare quello che facevo benissimo anche prima, cioè dire cazzate, e dirle bene, e ne avete in mano la prova.

Il copywriter purtroppo non lavora da solo. Fa da baby sitter a un art director, che generalmente si presenta nelle forme di un individuo semianalfabeta e mediamente fumato con magliette giallo canarino. Ha un grande gusto estetico e impagina come un dio, peccato che scriva *fà, sù, quì, l'aboratorio, neppiù nemmeno*: d'altra parte, se avesse letto qualche libro nella vita, non farebbe l'art. Copy e art dividono la stessa stanza e sono come marito e moglie: insulti, gelosie e piatti volanti compresi. Nella prima fase di lavoro, il brainstorming, i due superano le strutturali controversie e uniscono le forze per cercare disperatamente di trovare un'idea originale. Come è noto, il copy lavora per concetti («Ok, facciamo un paradosso sulla cremosità di questo formaggino e ipotizziamo...») mentre l'art lavora per visioni («Vedo un angelo al centro della pagina con un formaggino volante»). Non è detto che l'art spari solo minchiate, anzi, è possibile che nel suo fecondo flusso visionario compaiano, qua e là, idee che centrano miracolosamente il target. L'art è come un cannone impazzito, e compito del copy è drizzarlo e puntarlo, onde evitare che ti si ritorca contro, radendo al suolo i civili, l'ospedale e l'asilo.

Oltre a una quantità variabile di coppie creative, in agenzia vagola una schiera di personaggi senza arte né parte che sucano stipendi d'oro, la cui unica funzione è quella di ostacolare il tuo lavoro. L'esponente principale di questa categoria è l'account. Il suo ruolo è quello di andare dal cliente e, davanti a una decina di Nescafé cappuccino, chiedergli: «Che genere di campagna pubblicitaria vorrebbe dalla nostra agenzia?». Segue scambio di biglietti da visita. Dopodiché torna in agenzia per dedicarsi alla sua vera vocazione: stracciare la minchia. Si accomoda nel vostro ufficio e vi sottopone un foglio imbecille, il brief, che riassume i punti salienti della riunione col cliente. Ad esempio: il target è uomo, il mood è friendly, la reason-why è il baking soda, la deadline è il 15 marzo e la mandatory è un pay-off con la parola whitening. Il brief, che a tutta prima sembra inutile, può diventare un prezioso alleato se arrotolato su se stesso, caricato di palline impregnate della saliva del tuo art e usato per cacciare l'account dalla stanza. Non illudetevi però: l'account è come un boomerang, tornerà sempre, e sempre molto a breve, ritorcendosi con la stessa violenza con cui l'avete scacciato.

A quel punto, siccome voi siete i «geni» della situazione, l'agenzia spera che partoriate la campagna del millennio e per mezza giornata vi è concesso di tutto: potete portarvi in ufficio birra, droga, film porno, giocare a ping pong, sbattere il vostro pene sulla scrivania (una volta, giuro: sono passata davanti a un ufficio con la porta a vetri e ho visto un collega sbattersi il pene sulla tastiera del computer, prendere un'arancia, sfregarsela sulle palle e lanciarla in faccia all'art. Scena esilarante, ma è stato ancora più esilarante vedere l'art che si china a raccogliere l'arancia protestando: «Quello era il mio spuntino»).

Purtroppo questo brainstorming ha una durata limitata, prima o poi la pacchia finisce e bisogna presentare delle proposte. Chiaramente, i fiumi di alcool sono scorsi inutilmente, gli incensi hanno fumato a vuoto, le bambole gonfiabili possedute contro la parete non hanno apportato alcun contributo all'ispirazione: si arriva dal Direttore Creativo a testa bassa e senza nulla in mano.

Il Direttore Creativo è per antonomasia come Al Pacino: sigaro tra i denti e piedi sul tavolo. Il suo ufficio è zona franca, ci fa il cavolo che gli pare, perché lui è il Boss. Dovete bussare delicatamente: non vorrete certo interrompere una qualche decisiva partita a Grand Theft Auto. È inoltre una persona molto uterina, quindi quello che sta succedendo nella sua stanza prima del vostro ingresso (una partita alla Play) influenzerà pesantemente il giudizio sulle vostre proposte. Se alla Play è una sega, e di solito lo è, l'udienza durerà pochi secondi, giusto il tempo di fare a coriandoli il vostro foglio e mandarvi a fanculo. Uscirete allora dalla stanza borbottando con mestizia. Se invece una vostra idea beota viene approvata, ne faranno uno spot. A quel punto comincia un iter rognosissimo, a cominciare dal pre-PPM [pronuncia *pre pippi emme*].

Un PPM è un pre-production meeting, quindi un pre-PPM è un pre-pre-production-meeting. Già dal nome si evince la sua inutilità. In soldoni, ci sono una manica di stracciacazzi intorno a un tavolo che decidono come rovinare uno spot televisivo. Il vostro spot televisivo. È molto interessante assistere al massacro di una bella idea.

Dei tanti pre-PPM milanesi, uno mi è rimasto impresso. Il primo punto all'ordine del giorno era il ripiano su cui appoggiare il prodotto. Qualcuno ha detto facciamolo di legno. Qualcuno ha detto no, legno è cheap, fa un po' Ikea. Allora qualcuno ha detto marmo. Il marmo però è troppo rétro. Allora vetro brunato, così la superficie riflette il prodotto. Vetro brunito, l'ha corretto un altro. Vetro brunito però è un po' scuro, ha osservato il producer. Non potremmo fare un legno giapponese? È molto chic. Intendi Peach Wood?, ha chiesto il regista. Il mio sguardo rimbalzava da un capo all'altro del tavolo. Non capivo una parola ed ero allibita.

Poi venne il casting, ossia scegliere la sgallettata o lo sgallettato che avrebbe tenuto in mano il prodotto. Il problema tuttavia non era tanto chi scegliere, ma piuttosto come vestirlo. Scattò il dibattito: Come Vestire La Comparsa Maschile. Tutti avevano assunto un'espressione greve. Sembrava che da un momento all'altro sarebbe arrivato anche Kofi Annan. Non troppo fashion, ha subito puntualizzato il Direttore Creativo. No, non troppo fashion, ha ribadito il producer, non dobbiamo essere a una sfilata di moda. Tutti abbiamo scosso la testa all'unanimità, fingendo una certa indignazione verso quelli che vanno alle sfilate di moda. Facciamo finta che stia andando al lavoro!, ha detto l'aiuto producer. Tutti abbiamo annuito all'unisono, socchiudendo gli occhi, pensierosi. In un contesto del genere, in qualsiasi banalità puoi vederci qualcosa di geniale: anche «facciamo finta che sta andando al lavoro». Con il dito appoggiato sul naso, il Direttore Creativo ha aggiunto: però facciamolo casual. Non in giacca e cravatta. Lo spot uscirà in estate, mettiamogli addosso qualcosa di fresco. Magari di lino. Beh, beh, tutti si guardavano l'un l'altro, il lino è una grande idea. Ma il regista sembrava perplesso: un vestito di lino fa troppo Uomo Del Monte, no? Io gli metterei tipo uno spezzato. E tutti di nuovo ad annuire, lentamente, come dromedari: uno spezzato, sì, uno spezzato è un'idea.

Scivolammo nel girone del PPM, portandoci in una sala col soffitto affrescato in finta prospettiva, di gusto discutibile (ovviamente, nessuno ha detto che era di gusto discutibile: al massimo, era volutamente ironico). Il PPM è, se possibile, un'esperienza ancora peggiore dell'incontro precedente. Consiste nel ripetere paro paro le stesse frescacce, con l'unica differenza che bisogna rendere partecipe anche il cliente, la cui funzione è tempestarvi di domande demenziali, tipo: «Ma se mettessimo una pianta di gerani?». E tutti a leccargli il culo: ma certo, signor cliente, i gerani sono una grande idea. Dulcis in fundo entra sculettando la signorina addetta agli accessori, che scarica sul tavolo una montagna di bikini affinché il cliente possa decidere quale fra i tanti fili interdentali a disposizione sia più adatto a vestire le chiappe della ragazza in spiaggia. Durante tutta la riunione alzai la mano solo una volta, alle nove di sera: «Scusate, io andrei a casa. Sapete com'è, c'è una vita, fuori».

Se l'idea di fare il pubblicitario ti piace, il tuo sogno può diventare realtà. Infatti, al contrario di qualsiasi altra professione, non serve una laurea, non devi essere nessuno. Basta prendere una cartellina, infilarci dentro delle campagne e cominciare il giro dei colloqui assolutamente a caso. Se le campagne non sono le tue, tranquillo, nessuno se ne accorgerà. Il colloquio si può svolgere secondo quattro schemi fondamentali, a seconda del tipo di Direttore Creativo che hai davanti.

L'illusionista. L'illusionista sfoglia con attenzione il tuo book profondendosi in lodi («ah!», «che bello!», «meraviglioso!», «che brava!», «epperò», «ma guarda qui»), poi lo chiude e ti informa con candore che al momento non stanno cercando.

L'immobiliare. Come l'illusionista, soltanto che prima di dirti che non ha intenzione di assumerti ti fa fare tutto il giro dell'agenzia, stanza per stanza, portandoti fin dentro il bagnetto per farti vedere quant'è carino.

Il didatta. Il colloquio con il didatta non si misura in minuti, si misura in ore. Smonta pezzo per pezzo tutte le tue campagne e ti fa vedere come, secondo lui, le avresti dovute fare. Questo è il didatta semplice. Il didatta spinto, al contrario del didatta semplice, non interviene sulle tue campagne: prende direttamente il suo book.

La vecchia guardia. Era al fianco di Pino Pilla quando ha scritto «O così o Pomì», ha partecipato al lancio della campagna «Chi non mangia la Golia non è figlio di Maria» e, che rimanga tra noi, è lui quel «Giovanni» a cui allude Annamaria Testa a pagina 36 del suo famoso manuale. Ora, tutta questa gente che lui menziona è felicemente a casa, a dondolare i nipoti sulle ginocchia, mentre lui – strano – è ancora in agenzia. Guardando le tue campagne non trova nulla che non somigli a qualcosa che ha già fatto – e meglio – negli anni Settanta. Il peggio che può capitarti è una «vecchia guardia» con i tratti dell'«immobiliare»: passando in rassegna gli uffici, sospirerà: «Ricordo quando qui non c'erano ancora i computer».

Se può interessarti, a Roma si è liberato un posto: io me ne sono andata poco tempo fa, quando mi è arrivata un'e-mail che diceva: «La riunione è agreed per le 16:30».

A-pallonica

Posso dirlo? Sono a-pallonica. Come ci sono gli a-politici, gli a-partitici: io sono a-calcistica, a-squadrica, con la *a* privativa. Se mi interessassi di calcio sarei esattamente il tipo di persona che si dipinge la faccia con rito Mahori e impugna bottiglie rotte contro i tifosi della squadra avversaria, ergo fracassargli il lunotto dell'auto. La mia naturale tendenza al kitsch mi farebbe ingolfare il retro della mia macchina con bruchi bicolori che si spiaccicano contro il vetro tra adesivi pieni di parolacce. Le caratteristiche violente, miopi e monomaniacali dell'hooligan permeano già ogni aspetto della mia vita, ci manca solo che mi appassiono al calcio. No, grazie, il calcio lo lascio alle persone temperanti.

Sono tuttavia persuasa che questo interesse potrebbe essere artificialmente ingenerato, se solo lo volessi. D'altra parte bisogna mangiare giapponese almeno cinque o sei volte per sentire di avere «voglia di giapponese». Si deve fumare almeno un pacchetto di sigarette per prendere il vizio e comprarne un secondo. Insomma, come tutte le cose inutili, ci vuole un po' di pratica, prima. Dopo essermi obbligata, a sette anni, a guardare una telenovela per tre pomeriggi di fila, accendere Retequattro il quarto giorno era diventato un bisogno, e arrivata a otto anni ero in grado di sbaragliare mia nonna a colpi di mortaio pur di non perdermi una sola puntata di *Marilena* (dall'omonima meretrice).

I miei momenti di contatto col calcio nell'arco della vita si contano sulle dita di una mano, e sono i seguenti.

1989. Tre volte alla settimana, quando mamma usciva tardi dal lavoro, andavo a mangiare a casa della mia amica Mara, e a casa di Mara, durante il pranzo, si guardava la televisione. Tra un *Beautiful* e un *Quando si ama* passavano la pubblicità delle merendine Kinder e Ferrero, in particolare sponsorizzavano un concorso demenziale che si chiamava «Vinci Campione», il cui testimonial era Stefano Tacconi, l'allora portiere della Juve. Tacconi è stato il primo sogno erotico della mia vita dopo Anthony, il principino biondo del cartone animato *Candy Candy* (il sogno ricorrente di quando avevo cinque anni era che il principino Anthony mi legasse a una barella, mi portasse in piazza e mi spogliasse davanti a tutti. La parte realmente eccitante della vicenda era che preferisse me a Candy, chiaramente). Ma a differenza di Anthony, Tacconi era un essere in carne e ossa: pertanto la nostra storia d'amore era, a mio avviso, fattibile. Cominciai a professarmi juventina. La mia fede, ovviamente, era puramente contemplativa, di sportivo non aveva nulla. Se Tacconi avesse fatto il commercialista, sarei diventata una fan del fisco.

1990. L'anno dei Mondiali. Non occuparsi dei Mondiali era impossibile: l'orrendo omino pallocefalo con la lordosi tricolore era onnipresente, invase tutti i miei giocattoli, non se ne poteva prescindere, dovevo farci i conti. Il primo giorno in cui giocò l'Italia, si riunì a casa mia un nugolo di amici e parenti che si disposero in griglia di partenza davanti allo schermo armati di pizza, birra e pacchetti di sigarette. Il soggiorno fu invaso di testosterone. Tutti erano accaniti, abbarbicati sulla sedia, urlavano, si piegavano in avanti, alzavano le mani in aria bestemmiando Gesù. Io tossivo per il fumo, e cercavo invano di attirare l'attenzione degli adulti. Nessuno mi cacava minimamente. Per cui la volta dopo mi feci furba. Per guadagnarmi la mia fetta di attenzione, presi il mio paio di scarpe nuove, che avevo comprato quel giorno stesso, un paio di banali ballerine marca Mirella, e le piazzai sopra il televisore: «Le mie scarpe porteranno fortuna all'Italia!», proclamai. L'Italia vinse la partita. Ovviamente, all'incontro successivo, i parenti mi chiesero per favore di rimettere le scarpe sopra al televisore. Cosa che feci. E l'Italia vinse di nuovo.

Andammo avanti così, partita dopo partita. L'Italia non falliva un colpo. Mia madre, con gli esagitati in soggiorno che reclamavano le Mirella, strisciava in cameretta per implorarmi di rimettere le ballerine sul televisore. Venivo accolta in soggiorno da un boato compatto, altro che Totò Schillaci. L'Italia arrivò in semifinale, e nel quartiere si sparse la voce che fosse tutto merito delle mie scarpe. Peccato che la sera della partita decisiva, mio zio, forse perché nervoso, forse perché imbecille, osò dire: «Ma su, finiamola con questa pagliacciata, le scarpe della bambina non c'entrano niente». Irreversibilmente offesa, prelevai le scarpe dal televisore e scivolai silenziosamente in camera. Inutili le negoziazioni della mamma, non avrei più smollato le Mirella a quei bifolchi per nessun motivo. Trascorsi la serata indignatissima a guardare un telefilm di bassa lega che si chiamava *Black*

Beauty, di cui non m'importava nulla. Come tutti ricorderete, l'Italia perse la semifinale. Cari amici, care amiche, ora sapete a chi dovete il terzo posto ai Mondiali del '90. Dietro un piccolo, simbolico compenso, fornisco senza problemi nome e cognome di mio zio.

1991. Gli eventi più vergognosi di quell'anno – lo scoppio della Guerra del Golfo, il sequestro di Gorbaciov, il fatto che Marco Masini fosse arrivato terzo al Sanremo con *Perché lo fai* – passarono del tutto inosservati al cittadino foggiano. Lui si beava di una sola notizia: che il Foggia fosse passato in Serie A. Che il Foggia fosse in gara con Milan, Roma e Inter aveva del miracoloso tanto quanto le stimmate di Padre Pio, altro nostro orgoglio locale, per il quale il popolo provava una devozione pari – o forse inferiore – a quella nutrita per l'allenatore Zeman. Non c'era gelateria, merceria, agenzia di pompe funebri, macellaio, barbiere, usuraio, che non avesse esposto sopra al bancone il poster del Foggia, dove spesso e volentieri la testa del povero Beppe (Signori) era incorniciata in un cuore fatto di pennarello. Sui muri non si trovava più un «Sabrina Ti Amo», un «Vasco Sei Mitico», un «Pagherete Caro», niente: campeggiava un'unica didascalica scritta, Foggia. Alle volte, Foggia Serie A. Raramente, un più sobrio Serie A. Che il Foggia fosse in Serie A lo sapevano anche i morti, ciononostante non facevamo altro che parlarne, che ripetercelo, e ogni mattina era motivo di nuovo stupore, di rinnovata gioia. Le canzoncine da stadio, improvvisate sulle note della lambada, di Bob Marley, del *Rigoletto*, diventarono il mio incubo: «Beppe/ Beppe-Signori-Alè, Yo yo yo/Ciccio Baiano segna per noi, Igor-Igor Shalimov». La più tristemente memorabile era quella che diceva, sulla melodia di *When Johnny Comes*

Marching Home: «Come i vichinghi re dei mari/così i foggiani negli stadi/il nostro nome è un nome vero/ siamo del regime rossonero». Esattamente come in un regime, non se ne poteva uscire. La dittatura cadde nel 1995, quando il Foggia, grazie a Dio, retrocesse in Serie B.

1996. Avevo quattordici anni e avevo perso la testa per il rappresentante d'istituto: il tipico, travolgente colpo di fulmine di quarta ginnasio per il leader della scuola. La mia missione era diventata tampinare tutti i suoi amici per estorcere informazioni su di lui, e in pochi mesi avevo accumulato abbastanza note biografiche per compilare un'esaustiva quanto inutile monografia. Siccome mi avevano detto che era uno juventino sfegatato, per amor suo avevo deciso di tenermi aggiornata sulla squadra: avevo imparato a memoria la formazione e i numeri di maglia, ogni domenica accendevo *Novantesimo minuto*, seguivo i dettagli dei gol, sapevo il nome della mamma di Del Piero, sapevo la data di nascita di Peruzzi e controllavo nevroticamente i punti in classifica. Tutto questo lavorio si rivelò vano la sera in cui mi telefonò una compagna di classe per dirmi: «Vuoi acciaffare con lui?» (in foggiano, *acciaffare* significa 'prendere'; in campo sessuale, l'acciaffata allude alla pomiciata e a tutto quello che si può fare coi vestiti addosso).

«Sì!», risposi.

«Bene. Ho saputo che anche lui vuole acciaffare con te. Vuoi uscire domani sera?».

«Sì!».

«Ok, allora gli dico che vi vedete alle sette in piazzetta».

«Sì!». Ero sbalordita e sudata. Andai a ripassare sulla «Gazzetta» tutti i dettagli delle azioni del derby. Fu l'uscita più catastrofica della mia vita. Non parlammo di nulla, men che meno di calcio. Dopo pochi convenevoli fui sbattuta contro il cofano di un'Alfa Romeo e approcciata senza alcuna eleganza: lì appurai definitivamente che del pallone non m'era mai fottuto, non me ne fotteva e non me ne sarebbe mai più fottuto nulla nella vita.

Questa certezza si è consolidata ai Mondiali successivi, tanto che non ricordo neppure dove si sono svolti. Per non risultare completamente un'aliena sul pianeta-uomo, per Germania 2006 mi sto attrezzando: la povera Italia mi chiama, è tempo di dimettere i panni della vassalla porta-birre per riportare in auge le Mirella.

Sabato, 18 marzo 2006

L'idea, seppur imprecisa, che esista qualcuno che mi ama (ieri ho ricevuto una *vera lettera d'amore* da uno sconosciuto via e-mail) mi dà la forza di alzarmi e arrivare fino al computer con quest'arancia, questo barattolo di miele, questo pacco di gallette di riso e le sigarette. Altrimenti, sarei rimasta a letto e avrei accuratamente evitato l'inizio della giornata.

Se raccontassi la serata di ieri ne uscirebbe la pubblicità dell'Amaro Lucano («Mi porta a cena fuori, mi riaccompagna a casa, e poi passa tutta la serata a parlarmi di Zenga, fuorigioco e modulo all'italiana»). Difficile che io accetti di uscire con un ragazzo, proprio perché il lucanesco è sempre in agguato, e io ho troppe cose da fare per dedicarmi alla contemplazione dello squallore, ragion per cui, per dire, non ho la televisione. Invece il tizio in questione, chissà come, beato lui, un paio di giorni fa era riuscito ad abbattere questa muraglia, o plotone di carri armati, o catenaccio – direbbe il vecchio Peppe – di funghetti imbronciati (diceva che avevo le labbra a funghetto. Lui sì, sì che mi amava!). Il tizio è precipitato tra le mie braccia a un concerto punk, perché una manica di sciapite americane lo aveva involontariamente spintonato verso di me. Ho visto questa palla umana schizzare nella mia direzione. Avrei potuto schivarlo, invece, per qualche motivo, l'ho parato nel mio abbraccio. Due ore dopo eravamo sotto casa mia a stritolarci, lui mi ha detto: «Non ti lascio più». Dopo una pausa, guardandomi, me l'ha ripetuto: «Non ti lascio più». A me queste cose fanno ancora effetto. Che vi posso dire, ci casco ancora.

Per cui mi sono presa il venerdì libero, cioè ho disdetto tutti gli appuntamenti, e ho passato la giornata a tirare a lucido casa, con rapide sortite in strada per comprare della roba inutile (un'inutile biscottiera, tra cui) e portarla dentro, tipo rondine che porta i ramoscelli nel becco per (e diciamocelo!) costruire il nido d'amore. Alle nove e mezzo suona il citofono, mi precipito giù, vestita di verde e profumata di pera. L'imbarazzo del bacio è stato il preambolo di tutto il resto. Mentre camminiamo, gli chiedo, con ironia, se può gentilmente rimettermi il braccio sulla spalla come la sera prima. Mi risponde: «Sì, *dopo*». Che risposta è *dopo*? Si può amare *dopo*? E infatti per tutta la serata il braccio non è mai approdato sulla mia spalla, e oggi direi che siamo fuori tempo massimo.

Dovevamo bere del vino fuori, dovevamo mangiare qualcosa sul vino, questa era stata la mia proposta via sms. Ci siamo ritrovati invece a errare a piedi per il quartiere, tra oblique insegne al neon di pizza e kebab, nessuna iniziativa da parte sua, se non il precetto di non spendere troppo («Mi dà fastidio spendere per mangiare fuori visto che ho una casa»). Il fatto che lui non fosse esattamente un watusso mi aveva fatto propendere per le scarpe basse, e meno male: se avessi avuto il tacco, mi sarei accasciata sugli scalini di qualche chiesa e lì sarei rimasta, paralizzata dall'umiliazione. Invece sgambettavo serena. Ci siamo infilati in una pizza al taglio, ho additato limpidamente alla panettaia quello che mi interessava (quella coi funghi, quella con la bresaola, per me una porzione abbondante, grazie) e lui ha agguantato due Peroni grandi dal frigo (il vino che si trasforma in birra: un miracolo degno di un profeta). Abbiamo diviso la spesa a metà, facendoci i conti sui venti centesimi. Siamo dunque finiti a casa mia, dove la biscottiera è stata scantonata per far posto a scottex e tovagliette di plastica.

Suona il citofono. Amici da Milano che mi fanno una sorpresa: ta-dà! Non potendo rivolgere un'occhiata complice al mio compagno, levo gli occhi al cielo, rivolta a Dio (la cui inesistenza era stata finalmente dimostrata). Accolgo i miei amici, li faccio sedere, gli offro da bere («Vi va… una Peroni?»). Con poca empatia, i miei amici, a cui tra l'altro voglio molto bene, non schiodano per un'ora abbondante. Il mio compagno fa il brillantone. Loro, per mimesi e affetto nei miei confronti, anche. Io ero muta sul divano, attorcigliata su me stessa, come un lombrico in posizione di riposo.

Dopo che gli ospiti vanno via, ha luogo il botta-e-risposta più romantico della storia del cinema. Sceneggiatori Rai, tirate fuori le penne:

«Che dici, sono piaciuto ai tuoi amici?».

(Perché me lo chiedi? Chiediti, piuttosto, se sei piaciuto a me: no.)

«Ma per carità. Loro sono le persone meno giudicanti che conosco».

Pausa.

«E comunque, per inciso, fotte sega di quello che pensano i miei amici della mia vita privata».

«Figurati a me».

Gelo.

Ecco, era esattamente lì che gli avrei dovuto ordinare di raccogliere le sue carabattole e cavarsi fuori dal cazzo. Non l'ho fatto. Sono troppo buona. Sei una perdente, *you're a loser*, avrebbe detto John Lennon.

Dev'essere stata proprio la mia palpabile loserness ad autorizzare il mio (come lo devo chiamare, a questo punto della serata? Ospite?) a prendermi per mano, portarmi in camera da letto e sbattermi con falso trasporto sul materasso.

Un uomo che insiste per portarmi a letto non è il mio uomo. Lo so. Quando gliel'ho fatto presente, non, ovviamente, proprio in questi termini, lui l'ha buttata sul laicismo, sull'edonismo, sul che male c'è. Vagli a spiegare che il punto, invece, è quell'idea condivisa di avere una vita intera davanti, *all the time in the world*, e che per come la vedo io il cazzo è solo un microfono per urlare ti amo (ehi, questa me la sono inventata adesso, mano ai diari!). In questi casi, sono due le strade: o scopi con uno che non ha capito una fava della persona che ha davanti, e io non ci riesco. Oppure vesti i panni della ragazzina cattolica a cui hanno insegnato che sesso senza amore non si fa. Ed era questo il mio caso. Con un certo piglio amarognolo, ho riabbottonato il mio grembiulino e ho detto che no. Proprio no. Proprio non mi andava. Penso persino di essere riuscita a farmi scoccare fuori due guance rosse da Heidi ad artifizio. Ovviamente lui ha insistito moltissimo per convincermi, confermando l'idea, qualora ce ne fosse stato bisogno, di non essere dissimile dall'ampio gregge di coglioni in cui ero precedentemente incappata.

Quando ha capito (ce n'è voluta) che non l'avrebbe vista neanche col cannocchiale, ha cominciato a subissarmi di domande come un inviato speciale di «Donna Moderna». Con quanti l'avevo fatto? A che età? Quanti anni avevo?

«Perché sei ossessionato dalla quantità?», gli ho chiesto.

«Perché sono un uomo di scienza».

Giusto. Non saprei dire se sono state più catastrofiche le mie esperienze con gli artisti o quelle con gli uomini di scienza. Penso con gli uomini di scienza con velleità artistiche, di cui, a ben guardare, lui incarnava il prototipo:

«Quaranta?».

«Meno».

Mi sono voltata di schiena, il funghetto imbronciato rivolto alla parete.

«Trenta?».

«Meno, meno».

«Dài, quanti?».

La quantità. Che concetto orribile. Secondo voi perché mi curo con l'omeopatia? Perché arrivo senza soldi a fine mese? I numeri mi fanno schifo. Da piccola, odiavo i quaderni a quadretti. Quando ero in prima elementare presi il morbillo e restai a casa un mese. Questa è la palla che dico per giustificare il fatto che non so fare le operazioni in colonna.

Mi sono girata, l'ho guardato: «Non me ne importa niente se riesci ad avere il pisello duro per due ore. Me ne importa se sei sincero. Sii sincero: non te ne frega un cazzo».

In realtà c'erano stati dei lampi di sincerità in quello che aveva fatto. Era sincero quando mi accarezzava le curve, sussurrando: «Molto bella». Non era sincero quando mi stringeva e diceva «tutta mia», frase che ha ripetuto con la pervicacia di un demiurgo, come se quel mantra potesse dare vita a una qualche forma di realtà palpabile («Nam yo ho renghe kyo»):

«Hai ragione, non me ne frega un cazzo».

Mi sono chinata sorridente su di lui, l'ho baciato, ho sganciato tutti i bottoni che mi sono capitati per le mani.

Ringraziamenti

Grazie a:
Manfredi Maria Giffone, il mio paziente collega.
Alessandro Carusi, il mio paziente redattore.
Chiara Mammì, la mia paziente spalla.
Elisa Passacantilli, la mia paziente spalla2.
Silvia D'Ovidio, la mia paziente coinquilina.
Alessio Tortorella, il mio paziente amico.
Piero Lo Faro, il mio paziente ex-fidanzato.
Enrico Ciccarelli, il mio paziente capobranco.
Mia madre, la mia paziente madre.
Mio padre, il mio paziente.

Indice

Finito di stampare nel mese di giugno 2006
da Grafiche del Liri srl - Isola del Liri (FR)
per conto di Alberto Castelvecchi Editore srl